파도의 모서리

파도의 모서리

서랍의날씨

목차

유봄의 이동경로

❸ 아차산
❹ 매봉산
❶ 자양동
❷ 뚝섬한강공원
❾ 마포
❼ 여의도
❽ 영등포
❻ 숭실대
❺ 잠실
❿
⓫ 관악산

아무리 생각해도 인류의 절반은 사라진 것 같다.

석 달쯤 지났을 때 유봄이 내린 결론이었다. 어쩌면 절반
보다 훨씬 많을지도 몰랐다. 그렇지 않고서야 서울 한복판에
서 이렇게 사람을 만나기 어려울 리 없었다. 그 일이 불과 몇
달 전이라는 게 믿기지 않았다. 꺼져버린 휴대전화의 새까만
액정만 괜스레 어루만졌다. 켜질 리가 없었다. 이제 영원히
다시 충전하지 못할 수도 있었다. 그리운 사람들의 사진조차
볼 수 없다는 게 가장 슬펐다. 이럴 줄 알았으면 어떻게든 인
화를 해놓을걸 그랬다. 휴대전화 따위 고작 전기가 끊어지면
무용한 고철 덩어리에 불과한 것을.

문득 동이가 생각났다. 그날 결국 만나지 못했던 동이. 지
금은 어디서 무엇을 하고 있을까. 살아만 있기를, 그래서 다

시 만날 수 있기를.

하지만 지금, 이 순간만큼은 사람보다 물이 더 절실했다. 머리 위에서 이글거리는 한여름 태양의 열기 아래, 유봄은 다시 페달을 밟기 시작했다. 삐걱대는 소리를 내며 오리배가 천천히 앞으로 나아갔다. 벌써 이틀째 물을 한 모금도 마시지 못했다. 이렇게 사방에 넘치는 게 물인데, 그 어디에도 유봄이 마실 수 있는 물은 없었다.

오늘 아침에는 기어코 큰 실수를 저질렀다. 그건 아마 메마른 목구멍을 찢을 듯이 파고드는 날카로운 갈증 때문이었을 것이다. 그래서 그만 정신이 어떻게 되어버렸다. 모든 생활상식과 생존본능이 안 된다고 말하고 있었지만 딱 한 모금만, 그러니까 딱 한 모금만 목을 축이겠다는 간절한 생각 하나가 문제였다. 푸른 파도가 넘실거리는 오리배 밖의 바다를 바라보다 이성을 잃고 그만 물을 한 컵 떠버렸다. 새하얀 스타벅스 텀블러 안에 담겨 있으니 더 그럴듯해 보였다. 아아, 시원한 프라푸치노를 먹어본 게 언제였던가.

벌컥! 짜디짠 바닷물이 목구멍을 넘어가자 정신이 번쩍 들면서 집 나간 이성도 함께 돌아왔다. 당장 뱉어내야 한다! 토해내야 살 수 있다! 그렇게 한참을 구역질한 뒤 유봄에게 남은 것은 아까보다 체감상 몇 배는 더 고통스러워진 갈증이었다. 하지만 견디기 힘든 고통 속에서도 손과 발은 여전히 움직여졌다. 이대로 표류하다 말라 죽는 결말은 사양이었다. 결국 유봄은 마지막 힘을 쥐어짜 페달을 밟았다. 입안은 까끌까끌하고 속은 메스꺼웠지만 목적지가 있는 한 다리를 멈출 수 없었다.

저 멀리 물에 잠긴 뾰족한 건축물이 보였다. 한때 국내 최고의 높이를 자랑하던 잠실의 롯데월드타워였다. 지금은 마치 먼 바다에서도 길을 잃지 않게 도와주는 등대 같았다. 저곳에 도착하기만 하면 어떻게든 마실 수 있는 물을 구할 수 있을 것이다. 물이 아니라면 자판기의 음료수라도. 그리고 운이 좋다면 약간의 음식도. 어쩌면 옷가지도 새로 구할 수 있을지도 모르겠다. 이 죽느냐 사느냐 하는 생존의 갈림길에서조차 점점 탐욕스러워지는 상상력으로 옷을 갈아입을 생각까지 한다니. 애써 웃으며 유봄은 페달을 계속 밟았다.

그날 이후 석 달째 갈아입지 못해 땀과 바닷물로 절어 있는 티셔츠와 바지는 인권침해 그 자체였다. 하지만 그 누가 옷가지 같은 걸 미리 챙길 수 있었을까. 인권도 문명이 있을 때나 작동하는 것이다. 예고조차 없이 너무나 순식간에 온 세상을 쓸어버린 재앙 앞에 인류는 모두 평등했다. 그전까지 서울에서 수평선을 보게 될 거라 예상한 사람은 아무도 없었을 테니까.

아무리 세상이 모두 물에 잠겼다지만 저 타워에는 없는 게 없을 것이다. 그래야만 했다. 그래야 지금의 고통을 견딜 수 있었다. 다만 타워에 있는 사람들이 친절하기를 바랄 뿐.

유봄의 오리배는 파도에 흔들리면서도 망설임 없이 분명한 직선을 그리며 전진했다.

Wave 1 ___ 봄날의 해일

그해 봄은 유난히 더웠다. 이제는 3월부터 여름인 거냐며 다들 난리였다. 겨울이 지나고 아주 짧은 시간 스쳐 가는 봄, 그걸 봄이라고 불러야 할지도 이젠 알 수 없었다.

나뭇가지에 돋은 새순이 어느새 꽃으로 만발한 그 짧고 소중한 봄날에 유봄은 집 앞에서 따릉이를 빌리고 있었다. 따릉이는 서울시에서 운영하는 무인 자전거 대여 서비스였다. 면허는 없고 차는 더더욱 없는 유봄 또래의 친구들은 따릉이를 애용했다. 특히나 유봄은 자전거가 화석연료를 사용하지 않는 교통수단이라는 점이 가장 마음에 들었다. 전동킥보드나 전기자전거라 해도 결국 충전하기 위해 전기를 썼고, 여전히 대부분의 전기는 화석연료에서 나왔으니까. 오늘 아침에도 또 빙하가 녹아내렸다는 뉴스를 보고 나오는 길이었다.

휴대전화 카메라로 자전거의 QR코드를 인식하자 달칵하고 잠금장치가 풀렸다. 이때까지만 해도 대여한 자전거를 영원히 반납할 수 없게 될 줄은 몰랐다. 유봄은 자전거에 올라타 페달을 밟기 시작했다. 좌우로 살랑살랑 휘청이던 자전거는 금방 속도가 붙으며 싱그러운 봄바람을 선물했다.

한강공원으로 라이딩을 나갈 생각이었다. 군대에서 모처럼 휴가를 나온 한동을 만나기로 했다. 오랜만의 휴가인데 하고 싶은 게 없느냐고 물었더니 그저 유봄과 자전거를 타는 것으로 충분하다고 했다. 시시하기는.

한동은 동네 친구였다. 유봄과 마찬가지로 이름이 외자였는데 다들 두 사람을 봄이, 동이 하고 불렀다. 유봄은 한동과 유치원부터 고등학교까지 같이 다녔다. 같은 반일 때도 있었고 아닐 때도 있었다. 사춘기에는 지나가다 마주치면 서로 데면데면 못 본 척할 때도 있었지만 부모님끼리도 서로 잘 아는 사이이고 한 동네에서 너무 오래 알고 지내왔기 때문에 특별히 이제 와서 이성이다 아니다 의식할 관계는 아니었다. 서로 다른 대학에 진학한 후에는 각자 다른 사람과 연애까지 했다. 친하달 것도 안 친하달 것도 없는 그런 사이였다.

그러다 한동이 군대에 간 후 첫 휴가 때 갑자기 불러내 여자 친구와 헤어졌다며 술에 만취한 상태로 울면서부터 두 사람의 관계가 약간은 달라졌다. 진상이었다. 물론 진상이긴 했는데, 그야말로 세상이 무너지기라도 한 것처럼 유봄의 손을 붙잡고 서럽게 엉엉 울던 모습이 너무 불쌍해 보여서 마음이 쓰였던 걸까. 아니, 그날의 일을 가지고 놀려먹는 게 재미있었기 때문인 걸로 하자. 아무튼 이후로 휴가 때마다 꼬박꼬박 연락이 와서 만나자고 해도 특별한 일정이 없는 한 거절하지 않았다.

한동은 휴가를 나온 첫날에는 딱히 할 일이 없는 듯했다. 점심때쯤 집에 도착해 주로 점심을 같이 먹자며 불러냈다. 휴가를 나와서 집에 가도 점심때는 아무도 없어서 혼자 먹어야 하는 신세라 했다. 그래서 매번 휴가 때마다 같이 산책도 해주고 분식집도 같이 가주고 가끔은 술도 같이 마셔주고 그랬다. 그중 분식집은 유봄이 즉석 떡볶이를 먹고 싶어서 가자고 한 거였지만.

군인도 요즘은 월급을 많이 받는다며 자꾸 계산하려는 한동 때문에 비싼 음식은 조금 부담스럽기도 했다. 그렇게 하면 다시는 보지 않게 될 거라고 엄포를 놨더니 이번 휴가에는 완전히 뜬금없는 계획을 제안해 왔다. 한강공원에서 자전거를 타다가 라면을 사 먹자는 거였다.

마침 날씨도 자전거 타기에 딱 좋았고 한강에서 먹는 라면만큼 유혹적인 음식은 없었기에 홀랑 넘어가 버린 유봄이었다. 이러다 언젠가 한동이 고백할 수도 있겠다는 생각도 안 해본 건 아니지만 그땐 어떻게 거절할지 그때 가서 생각하면 될 일이었다. 유봄은 한동이 싫지는 않았지만 그렇다고 사귀는 건 더더욱 상상조차 되지 않았다. 언젠가 그날이 닥치면 반드시 거절하고야 말 것이라는 각오 아닌 각오가 마음 한편에 있었다. 그리고 사실 한동도 다른 곳으로 이사 갈 각오를 하지 않는 이상에야 고백할 가능성은 별로 없었다. 편의점에서, 마트에서, 지하철에서 일상적으로 너무나 자주 겹치는 동선을 고려한다면 유봄이든 한동이든 고백에 실패했을 때 마주치는 것에 대한 리스크가 너무 컸다. 묘하게 균형 잡혀 있는 관계였다.

자전거를 타고 두 블록을 지나 한동의 아파트 공동현관 앞에 도착했다. 시계를 보니 만나기로 약속한 시각보다 5분 정도 지나 있었다. 지각한 입장이지만 당당해졌다. 한동도 아직 안 나와 있었기 때문이었다.

집에 가서 옷만 갈아입고 나온다는 애가. 감히 나를 기다리게 하다니! 나오면 등짝을 한 대 후려쳐 줘야겠다고 속으로 투덜대며 한동에게 전화를 걸었는데 신호가 가지 않았다. 의아한 생각에 휴대전화 화면을 보니 안테나가 전혀 잡히지 않았다. 에어플레인 모드를 켰다가 다시 껐다. 그래도 안테나 신호가 안 돌아왔다. 고장인가? 유봄은 휴대전화를 이리저리 흔들며 '신호야, 잡혀라!' 주문을 외웠다.

그런데 늘 보던 풍경이 어딘가 낯설었다. 잠시 후 유봄은 무엇이 낯설었던 건지를 깨달았다. 조금 전까지 켜져 있던 신호등의 불빛이 모두 새까맣게 꺼져 있었다. 도로에선 차들이 뒤엉켜서 경적을 울렸다. 그러고 보니 주변 건물에 어지럽게 매달린 간판의 불빛들도 모두 꺼져 있었다. 잠시 후 상가에서 사람들이 밖으로 나오며 웅성대는 모습을 볼 수 있었다. 이 일대의 전기가 나간 건가?

그 순간 요란한 사이렌 소리가 사방에서 시끄럽게 울렸다. 어디서 소리가 나오는지도 알 수 없었지만, 그 불길한 경보음만으로도 무언가 크게 잘못되었다는 걸 느낄 수 있었다. 하늘에서 비둘기 수백 마리가 푸드덕거리며 떼 지어 날아갔다. 철새도 아니고 비둘기들이 대체 언제부터 단체 비행을 하기 시작한 거지? 아니, 그 이전에 요즘 비둘기들이 저렇게 높이 날아다니는 모습을 본 적이 있었던가.

무슨 일이 생긴 건지 채 가늠하기도 전에 이미 주변 풍경이 눈에 띄게 어두워지고 있었다. 저 멀리서 짙은 먹구름이 다가오고 있는 게 보였다. 처음에는 태풍이나 허리케인 같은 게 발생한 건가 싶었다. 지구 온난화로 매년 더 강력한 태풍이 발생하고 있다고 했으니까. 여름 같은 봄날에 갑자기 예기치 못한 태풍이 오는 것도 불가능한 일은 아니었다. 매년 기후 이변이 일어나는 세상이니 이변이 안 일어나는 게 더 이변 아닐까.

하지만 빠른 속도로 가까워지고 있는 그것은 태풍이라기에는 어딘가 이상했다. 이상하기만 한 게 아니라 훨씬 위험해 보였다. 곧이어 귀가 떨어져 나갈 것 같은 폭포 소리가 진동했다. 유봄은 그제야 그것이 비나 구름 같은 게 아님을 깨달았다. 굉음을 일으키며 엄청난 속도로 다가오고 있는 그것은 아파트보다 더 높은 해일이었다.

유봄의 머릿속에 불현듯 어린 시절의 한 장면이 떠올랐다. 그 옛날 언젠가 가족들과 함께 갔던 워터파크의 파도 풀. 장엄한 사이렌 소리와 함께 거대한 파도가 밀려오고, 구명조끼를 입은 사람들은 비명을 지르며 무력하게 나뭇잎처럼 흩날린다. 누군가는 그게 파도 풀의 재미라고 하겠지만 유봄에게는 아니었다. 유봄은 그날 이후 다시는 파도 풀에 들어가지 못하는 저주에 걸렸다. 한 번의 파도에 몸이 뒤집어져 속절없이 코와 입으로 물을 먹고 나서 정신을 차려 보니 눈앞에는 아빠 대신 모르는 아저씨가 있었고, 구해 달라고 할 새도 없이 다음 파도가 닥쳤을 땐 유봄의 주변에 있던 사람들이 즐겁게 소리를 지르며 유봄을 물속으로 집어넣었다. 발이 땅에 닿지 않는 물 위에서 파도를 타고 떠오르려는 본능적인 행동이었겠지만 이미 물을 먹는 바람에 파도의 흐름을 놓쳐 버린 유봄은 익사의 공포를 느껴야만 했다. 유봄은 그날 해맑게 웃으면서 유봄의 구명조끼를 누르고 혼자 숨 쉬겠다고 올라서던 그 아저씨의 표정을 잊을 수가 없었다.

앞으로 영원히 파도 풀에 갈 일은 없을 거라 생각했는데, 워터파크와는 비교도 되지 않는 거대한 파도가 무서운 사이렌 소리와 함께 밀려오고 있었다. 한발 늦은 재난 문자가 매섭게 울렸다. 해일 경보.

서울 한복판에 해일이라니! 눈과 귀로 보고 들으면서도 도저히 믿을 수 없는 광경이었다. 해일은 불도저 같았다. 마치 땅을 뿌리째 갈아엎을 기세로 자동차나 가로수는 물론 고층 건물들마저 거칠게 쓸어 담으며 밀려오고 있었다. 멀리 있는 아파트부터 도미노처럼 무너지면서 철근 같은 것이 휘어지는 기괴한 소리가 들렸다. 여기저기서 터지는 사람들의 비명 소리를 들으며 유봄은 무작정 자전거 페달을 밟았다. 도로에는 차량들이 해일의 반대 방향으로 달리기 위해 서로 엉겨붙은 채로 경적만 빵빵 울려대고 있었다. 하지만 유봄이 보기에 해일은 도로 위에서 다툴 시간조차 아까울 정도의 속도로 거세게 밀려오고 있었다.

다시 한번 위협적인 사이렌이 울리며 모든 시민은 튼튼한 건물의 고층이나 높은 야산으로 즉시 대피하라는 방송이 나왔다. 대피하기에는 꽤 늦은 경고 방송이었다. 유봄은 잠시 가까운 건물로 뛰어들지 고민했다. 하지만 이미 해일이 아파트를 무너뜨리면서 오는 광경을 본 터라 어지간한 건물로는 안 될 것 같았다. 게다가 유봄의 동네는 아직 재개발되지 않은 곳이 많아 고층 아파트가 별로 없었다. 인근 아파트에서 사람들이 뛰쳐나오는 모습을 보니 더더욱 그들을 거슬러 건물 옥상으로 역주행할 엄두가 나지 않았다.

유봄은 힘껏 페달을 밟으며 생각했다. 여기서 뒤돌아보거나 망설이면 죽을 수도 있다고. 그렇다면 지금, 이 순간 가장 빠르게 자전거를 타고 해일의 반대 방향으로 달릴 방법이 뭐지? 고민은 짧았다. 한강을 따라 강변의 자전거 도로를 달리는 거다. 유봄은 한강공원 표지판을 확인하고 곧바로 자전거를 꺾었다. 원래 한동과 함께 자전거를 타려고 했던 뚝섬 한강공원이었다.

유봄은 뒤를 돌아보지 않고 주변 사람들의 반응만으로 상황을 파악했다.

"어떡해! 못 피할 것 같아!"

어디선가 들려오는 날카로운 비명. 아마도 저 말은 사실일 것이다. 유봄도 해일을 보는 순간부터 그렇게 느꼈으니까. 유봄은 더욱 격렬하게 페달을 밟았다. 어찌나 세게 밟았던지 허벅지가 터질 것 같았다. 유봄은 마지막 순간까지 공황에 빠지지 않고 침착하게 생존을 위해 최선을 다할 결심이었다. 자꾸 눈물이 나려고 했지만, 입술을 꾹 깨물고 참았다. 울든

말든 죽으면 다 무슨 소용인가 싶었지만 일단 참았다. 포기하고 울다가 죽느니 살기 위해 마지막까지 노력하다 죽는 쪽이 나았다. 죽더라도 희망은 잃지 않은 셈이니까!

폭포 같은 소리가 무섭도록 가까워졌을 때 유봄의 눈에 뚝섬 유원지의 오리배가 들어왔다. 이미 비가 오듯 하늘에서 후드득 물방울이 떨어지고 있는 것으로 봐서 사태가 임박했다는 것을 직감할 수 있었다. 유봄은 자전거를 길바닥에 던지고 오리배를 향해 뛰었다. 탑승장에는 관리인도 없었다. 있을 리가 있나. 그리고 마침내 오리배에 다다른 순간 처음으로 뒤를 돌아보았다. 강변북로를 달리는 차들을 쓸어 담은 거대한 절벽 같은 파도가 눈앞에 다가와 있었다. 그 순간 워터파크에서 아빠가 유봄을 달래며 해준 말이 떠올랐다.

'파도는 부서질 때 가장 강한 법이야.'

유봄이 오리배에 뛰어들어 의자를 꽉 잡은 순간 파도가 덮쳤다.

출렁! 워터파크의 충격과는 비교조차 할 수 없는 거대한 파도였다. 인공 재해는 자연 재해를 흉내조차 내지 못했다. 물이 덮치자 유봄은 숨을 참았고 오리배와 함께 어디론가 높이 날아가는 것을 느꼈다.

저 머나먼 캔자스 외딴 시골집에서 토네이도를 타고 집과 함께 날아가던 도로시가 이런 기분이었을까. 한참 동안 유봄의 오리배는 고장난 범퍼카처럼 무언가 크고 작은 물체들에 부딪히며 이리저리 거대한 파도에 휩쓸려 날아다녔다. 유봄의 몸도 사정없이 오리배와 오리배 아닌 것들에 부딪혔다. 유봄은 필사적으로 핸들을 붙잡았다. 머릿속에는 단 한 가지 생각밖에 없었다. 여기서 이걸 놓치면 정말 바로 죽는다. 이미 이보다 더 나쁘기도 어렵겠지만 더 최악의 상황은 오리배 밖으로 튕겨 나가는 것이었다. 그 와중에도 오리배의 창문으로 날아들어 온 물건들이 유봄을 때리고 지나갔다. 평소에는 관심도 없던 이름 모를 국회의원들이 괜히 원망스러웠다.

'왜 오리배에 에어백 설치를 의무화하는 법안을 통과시키지 못한 건가요?'

밀물처럼 덮친 해일이 썰물처럼 밀려 나가기를 대여섯 번 반복하고 나서야 비로소 세상이 잠잠해졌다. 유봄은 천천히 눈을 떴다. 핸들을 쥔 손이 부들부들 떨리고 있었다. 여전히 오리배 안이었다. 토하듯 호흡을 내뱉었다. 전과 다름없이 지구에는 공기가 있었고 유봄은 숨을 쉴 수 있었다.

하지만 석양 속에서 유봄이 본 서울의 풍경은 이전과 많이 달라져 있었다. 망망대해. 그렇게밖에 표현할 수 없는 바다 위에 섬 하나. 섬 위에 오뚝하니 솟은 남산타워만이 이곳이 서울이라는 증거였다.

수평선 너머로 하루의 태양이 찬란한 빛을 흩뿌리며 저물고 있었다. 태양과 지구가 자아낸 아름다운 풍경이었다. 내가 혹시 죽은 건가? 너무나 비현실적인 풍경에 서서히 의심이 들 무렵 유봄의 옆구리에서 극심한 통증이 비명을 지르듯 올라왔다. 덕분에 단박에 알 수 있었다. 살아 있구나! 그래도 아직 살아는 있구나.

대체 이 세상에 무슨 일이 발생한 걸까? 정확히 알 수는 없었지만 단순히 지나가는 해일로 끝난 게 아니었다. 해수면이 웬만한 아파트 높이 이상으로 상승한 게 틀림없었다. 발 아래 떠다니는 부서진 도시의 잔해들과 물속에 잠긴 아파트를 바라보며 유봄은 매고 있던 가방을 확인했다. 한동과 카페에 갈 때 일회용품을 쓰지 않겠다고 챙긴 스타벅스 텀블러 하나에 라이딩 간식으로 준비한 작은 초콜릿 바 두 개, 선크림과 립밤, 물에 잔뜩 젖어 언제 꺼져도 이상하지 않을 휴대전화, 그리고 과연 어디서 쓸 수 있을지 의심스러운 지갑 하나. 그게 지금 막 표류를 시작한 유봄이 가진 전 재산이었다.

*

종말의 빙하(Doomsday Glacier), 마침내 무너지다.

아마 그런 타이틀의 뉴스였을 것이다. 그날은 아침부터 포털사이트와 SNS에 빙하 소식만 가득했다. 유봄을 둘러싼 세상의 모든 알고리즘이 온통 종말의 빙하로 도배된 것 같았다. 꼭 알고리즘 때문만은 아니었다. 친구들의 휴대전화도 대부분 마찬가지였으니까. 그만큼 충격적인 장면이었다. 처음에는 빙하에서 작은 덩어리가 하나씩 툭툭 떨어지더니 어느 순간 굉음과 함께 벽이 통째로 한 꺼풀씩 무너져 내렸다. 빙하가 떨어진 바다에는 폭탄이라도 터진 것처럼 새하얀 포말이 솟구쳐 올랐다. 그 충격 때문인지 잠시 후 거대한 빙하 전체가 산산조각이 나며 바닷속으로 잠겼고 그 반동으로 불룩 솟아오른 물결은 해일처럼 주변으로 밀려갔다.

종말의 빙하가 무너지는 장면은 여러 각도에서 드론과 망원 카메라로 촬영되었고, 그렇게 촬영된 선명한 영상은 뉴스로, 인터넷으로 빠르게 퍼지며 반복해서 재생되고 있었다. 눈앞에서 빙하가 무너지는 걸 한가롭게 고화질 영상으로 촬영이나 하고 있었느냐는 사람들도 있었지만, 그들이라고 해서 사실 붕괴를 막을 뾰족한 수가 있는 것도 아니었다.

걱정하는 사람, 분석하는 사람, 비난하는 사람, 믿지 않는 사람… 사람들의 반응은 제각각이었지만 그 모두가 곧 다가올 불안한 미래를 두려워하고 있는 것만은 틀림없었다. 하지만 사람들이 뭐라 떠들든 빙하는 겨울에조차 묵묵히 녹아내리기만 했다. 이미 맨눈으로도 녹아내리는 걸 확인할 수 있는 수준이었다. 너는 떠들어라, 나는 녹는다. 그런 느낌이었다.

종말의 빙하는 사실 그 빙하의 진짜 이름이 아니었다. 남극 서쪽 끝에 있는 그 빙하의 본명은 스웨이츠(Thwaites) 빙하. 그 빙하에 '종말'이라는 무시무시한 별칭이 붙은 건 순전히 지정학적 위치 때문이었다. 스웨이츠 빙하는 남극의 빙산들이 바다로 떠내려가는 걸 가로막고 있는 최후의 버팀목이었다. 그러니까 쉽게 말해 스웨이츠 빙하가 붕괴하는 순간 남극의 얼음들은 둑이 터진 것처럼 바다로 자유롭게 쏟아져 흘러가게 되는 것이다.

과학자들은 그렇게 모든 빙하가 녹으면 해수면이 66미터 상승한다고 했다. 미신을 믿는 건 아니지만 66이라니. 이 얼마나 불길한 숫자인가. 유봄은 구글 어스(Google Earth)에 접속해 현재 살고 있는 아파트의 해발고도를 확인했다. 12미터. 미쳤다. 우리 집은 빼도 박도 못하고 물에 잠기는구나. 하필 5층밖에 안 되는데….

자주 가는 올리브영과 버스정류장, 학교 주변과 강의실, 그리고 친구들이랑 주말에 놀러 가는 성수동 거리까지. 마우스로 길을 따라가며 해발고도를 확인했다. 고민할 것도 없었다. 모두 물에 잠긴다. 서울시의 해발고도가 이렇게나 낮았던가. 다른 동네는 어떤지 궁금해서 좀 더 찾아보니 서울시에서 인구가 밀집한 지역의 해발고도는 15~60미터라는 공식 문서를 발견할 수 있었다. 66미터. 그건 미신을 차치하고 과학적으로도 무서운 숫자였다.

지금이라도 엄마한테 어디 강원도 고지대에 있는 땅을 미리 좀 사놓으라고 해야 하나. 한동은 좋겠네. 군대에 가 있으니까. 전방이라고 하던데 군대는 산 속에 있는 거 아닌가.

걱정으로 가득 찬 유봄과 달리 인류는 기본적으로 낙천적인 성향이 강한 종이었다. 지대가 낮은 인도양과 남태평양의 작은 섬나라들, 그러니까 몰디브, 파푸아뉴기니 같은 곳들이 지도에서 완전히 사라질 때까지도 서로 눈치를 보면서 상대를 비난하기만 할 뿐 누구 하나 먼저 나서려는 나라가 없었다. 하긴 이미 돌이키기에는 너무 늦은 시점이라 그때 행동에 나섰더라도 달라질 게 있었을까 싶긴 했다. 과학자들에 따르면 극지방의 새하얀 빙하는 태양열을 반사하는 파라솔 같은 거였다. 파라솔이 사라진 지구는 이전보다 더 빨리 뜨거워졌다. 남은 빙하도 더 빨리 녹았다. 인류가 아무리 노력해도 멈출 수 없는 온난화라는 폭주 기관차가 지구를 달리고 있었다.

사태가 이 지경에 이르자 이제 과학자들은 빙하가 녹아 해수면이 높아지는 속도가 매년 가속화된다는 연구 결과를 마치 유행처럼 앞다퉈 발표하기 시작했다. 지구 종말을 황급히 예언하는 예언가들이 따로 없었다. 어떤 학자들은 남은 시간이 200~300년이라 했고 또 다른 학자들은 20~30년이라 했다. 이런 시대에 아이를 낳겠다는 사람은 별로 없었다. 아이는 고사하고 결혼도 연애도 다 무슨 의미인가 싶었다.

유봄은 이번에 휴가를 나온 한동과 서울이 몇 년 뒤에 물에 잠길지 내기를 해야겠다고 생각했다. 몇 년에 걸어야 할지 고민하며 유봄은 자전거 핸들을 만지작거렸다. 종말의 빙하라. 군대에서도 소식은 들었겠지?

"봄아."

한동이었다.

"왜 이렇게 늦었어?"

유봄은 짐짓 화난 표정으로 투정하듯 뒤를 돌아봤다. 하지만 그곳엔 한동의 얼굴이 아닌 해일이 있었다. 아파트보다 더 높은 거대한 해일. 유봄은 가슴이 철렁했다. 그리고 해일이 온몸을 덮쳤다. 저 갑작스러운 해일에 무수한 동식물이 수몰되었다. 물론 인류도 포함이었다. 대자연의 힘 앞에 인류는 단지 무력한 하나의 종에 불과했다.

유봄은 흐느끼며 깨어났다. 꿈이었구나. 아침 햇살을 받은 오리배가 바다 위에서 물결에 따라 흔들리고 있었다. 결국 한동도 보지 못했어. 해일이 원망스러웠다. 더 정확히는 해일의 갑작스런 타이밍이 원망스러웠다. 아무리 그래도 마지막 인사 정도는 할 시간을 줘야지. 엄마 아빠에게도 아침에 사랑한다고 말하고 나올 걸 그랬다. 일찍 좀 다니라는 말에 욱해서 모진 말을 쏘아주고 나온 게 마지막 대화라는 건 아무리 그래도 너무하잖아. 왜 사랑한다는 그 흔한 말을 매일 하지 않았을까. 언제라도 지구의 종말이 올 수 있었던 건데. 시간을 단 한 번만이라도 되돌릴 수 있다면….

휴대전화를 봤지만, 여전히 안테나는 잡히지 않았다. 하긴 기지국도 다 물에 잠겼을 텐데 이런 상황에 대비한 통신사는 없겠지.

유봄은 기지개를 켰다. 어깨죽지와 허리가 여전히 아팠지만 이대로 바다 위에 있을 순 없었다. 일단 오리배를 몰아 가장 가까이 보이는 섬으로 가기로 했다. 사실 그곳은 불과 며칠 전까지만 해도 섬이 아니라 산이었다. 아차산(峨嵯山). 원래 그런 이름이었다. 이제는 아차도(峨嵯島)라고 불러야 할 것 같다. 경사가 완만하고 아이들도 오르기 쉬워 등산 초보들도 많이 찾는 산이었다. 유봄도 어릴 때 종종 아빠를 따라 아차산을 올랐다. 정상에서 두 손을 모아 야호를 외치며 내려다보던 서울 풍경이 아직도 눈에 선한데.

매번 아차산에 오를 때마다 아빠는 아차산이라는 이름의 유래에 관한 이야기를 들려줬다. 이야기는 들려줄 때마다 조금씩 내용이 바뀌긴 했지만 기본 골격은 엇비슷했다.

조선 시대에 앞을 보지 못하는 유명한 점술가가 있었는데 왕이 그의 능력을 시험하기 위해 궤짝 속에 쥐 한 마리를 넣어두고 몇 마리가 있느냐고 묻는다. 점술가가 세 마리라고 답하자, 왕은 백성을 현혹하는 사기꾼이라며 사형을 명한다. 불쌍한 점술가가 끌려간 이후 뒤늦게 쥐의 뱃속에 새끼가 두 마리 더 들어 있던 것이 발견된다. 왕이 '아차!' 하며 사형 중지를 명했으나 이미 늦어서 처형된 뒤였다는 어처구니없는 이야기. 그가 죽은 장소가 바로 아차산이란다. 우스갯소리 같지만, 만약 진짜 일어난 일이라고 생각하면 너무나 무서운 이야기, 어느덧 성인이 된 유봄의 기억에도 또렷이 남아 있을 정도로 인상적인 이야기였다.

결국 이 지구도 그런 것 아니었을까. 인류가 '아차!' 했을 때는 이미 돌이킬 수 없이 늦어버린 것이다. 아마 인류는 그 대가를 치르고 있는 것이리라.

*

사람이 있었다. 그리고 시선이 있었다. 유봄의 오리배를 뚫어져라 바라보는 시선. 아차산에 가까이 다가갈수록 그 시선의 정체는 더욱 또렷해졌다. 한두 사람이 아니었다. 그들은 나무 그늘에 듬성듬성 서서 홀린 듯이 유봄을 바라보고 있었다. 그럴 만하다고 생각했다. 물에 잠긴 서울에선 자동차도 지하철도 아무런 쓸모가 없었다. 그런 와중에 오리배라니. 이 얼마나 혁신적인 교통수단인가. 노골적인 시선을 마주한 유봄은 오리배를 탐내는 사람을 조심해야겠다고 생각했다.

반쯤 물에 잠긴 산자락의 빌라를 지나고 있을 때 옆에서 누군가가 물에 뛰어들었다. 검은 옷을 입은 남자였다. 유봄의 경계심을 아는지 모르는지 남자는 유봄의 옆을 헤엄쳐 무심히 지나갔다. 빌라에서 뭍까지 이르는 50미터 남짓한 거리.

"아빠!"

남자가 육지에 다다를 무렵 한 여자아이가 쪼르르 뛰어 내려왔다. 유치원에 다닐 나이일까. 아이를 안아 든 남자는 어깨에 멘 비닐봉지를 자랑하듯 꺼내 보였다.

"이게 뭐게?"

"빵이다!"

아이의 해맑은 웃음소리를 들은 유봄은 경계심을 조금은 풀었다. 뒤이어 아이의 엄마로 보이는 여자도 물가로 내려왔다. 남자는 먹을 걸 구하러 빌라까지 수영했던 것 같았다. 유봄은 다시 페달을 밟아 그들에게서 살짝 떨어진 육지에 오리배를 붙였다. 막상 육지에 도착하고 나니 오리배를 어찌

해야 할지 고민되었다. 이대로 두고 내리면 떠내려갈 텐데. 오리배에서 내려 살펴보니 앞쪽에 쇠고리가 달린 밧줄이 있었다. 이걸로 묶어두면 되는 거였다. 낑낑거리며 가까운 나뭇가지에 고리를 걸었다. 오리배의 무게 때문에 나뭇가지가 휘어졌다. 위험한데? 그 순간 나뭇가지가 뚝 부러지며 고리를 쥐고 있던 유봄도 함께 균형을 잃어버렸다. 풍덩. 유봄은 사람들이 모두 지켜보는 가운데 꼴사납게 물에 빠졌다. 아직 봄이라 물이 찼다. 하지만 찌릿한 고통보다도 부끄러움이 더 컸다. 유봄은 얼른 일어나 몸을 떨며 좌우를 둘러봤다. 이걸 어디다 걸어야 하지? 아까 그 아이의 엄마가 남편의 옆구리를 툭 치는 게 보였다. 남자가 이쪽으로 걸어왔다.

"도와드릴까요?"

부드럽게 끝이 처진 눈매가 호선을 그렸다. 선량해 보이는 인상이었다.

"이걸 어디다 걸어야 할지…."

유봄이 고리를 들어 보이자, 남자가 고리 끝을 잡아끌었다.

"저기 등산로 표지판이 있거든요. 거기 걸면 될 거 같아요."

아차산 정상으로 가는 방향이 표시된 팻말은 굵고 튼튼했다. 유봄은 팻말에 고리를 걸고 정박했다. 그렇게 유봄의 섬 생활이 시작되었다.

섬에서의 일주일은 그럭저럭 버틸 만했다. 지내다 보니 사람들이 왜 이곳에 모여 있는지 알 수 있었다. 원래 산기슭에 있던 주택가라 고층부는 물에 잠기지 않은 빌라들이 남아 있었다. 조금만 헤엄쳐 가면 사람이 살지 않는 집에서 생필품을 구할 수 있었다. 도둑질이긴 했지만 지금 같은 재난 상황에서는 어쩔 수 없다는 걸 다들 암묵적으로 인정할 수밖에 없었다. 어떤 집에는 사람이 살고 있기도 했는데 원래 그 집 주인으로 보이진 않았다. 유봄을 비롯한 대부분의 난민은 아차산 기슭에서 노숙하고 있었다. 아무리 이런 상황이라도 남의 집에 함부로 들어가 사는 건 찝찝하기도 했고, 또 그 집의 주인들이 어찌 되었을지 별로 상상하고 싶지 않았다.

가끔, 아니 종종 집안에서 익사한 시신을 마주할 때가 있었는데 그럴 때면 더더욱 날이 밝을 때 산으로 일찍 돌아가 사람들과 옹기종기 모여 있곤 했다. 유봄은 도저히 시신을 똑바로 바라볼 수가 없었다. 사실 대부분의 사람이 그렇지 않을까? 멀리서 창문 안쪽을 들여다보다가 옷가지 비슷한 형체라도 바닥에 있는 것 같으면 그 집에는 들어갈 생각도 하지 않았다. 물론 그건 해일에 휩쓸려 널브러진 옷더미에 불과할지도 몰랐다. 진실은 영원히 알 수 없었다.

유봄도 사람들을 도와 오리배를 타고 빌라를 돌며 음식과 물품을 아차산으로 실어 날랐다. 해일이 왔을 때 옥상까지 물이 들이찼는지 그 어디에도 바닷물에 침수되지 않은 집은 없었다. 전기 따위 들어올 리 없었다. 음식은 냉장고나 찬장에서 상하지 않은 걸 골라 바닷물에 씻어 먹어야 했다. 매 끼니가 짭짤했다.

하루는 누군가가 나뭇가지를 모아 라이터로 불을 피웠다. 그 주변에 또 다른 이들이 돌을 쌓아 아궁이 비슷한 걸 만들었다. 그러자 이번에는 또 한 사람이 어디선가 냄비와 프라이팬을 공수해 왔다. 아차산 최초의 공유주방이었다. 그날 처음으로 사람들은 기분을 냈다. 구할 수 있는 가장 좋은 옷을 입었고 내놓을 수 있는 가장 훌륭한 식재료를 아낌없이 내놓았다. 심지어 누군가 아껴둔 맥주 캔도 하나씩 돌렸다. 커다란 냄비에 사람들이 가져온 재료를 모조리 넣고 끓인 잡탕찌개는 천상의 맛이었다. 오랜만에 식사다운 식사를 한 사람들은 마음조차 따뜻해졌다.

"우리 조금만 더 버텨 봐요."

"그래요. 반드시 구조대가 올 거예요."

사람들은 우리 지금 너무 잘하고 있다며 서로를 칭찬했다. 재난 상황일수록 돕고 살아야 하는 법이었다. 그렇게 배웠고 그렇게 실천했다. 우연히 아차산에서 등산하던 사람들에서부터 해일이 온다는 소식을 듣고 긴급히 대피한 인근 주민들까지 유형은 다양했지만 그래도 일주일이 지나는 동안 누군가에게 해코지하려는 사람 하나 없었다. 아차산에는 인류애가 주는 감동이 있었다.

사람들은 하늘과 바다를 바라보며 정부가 지금쯤 어떤 대책을 세우고 있을지 궁금해했다. 소방관이나 경찰, 혹은 군인 중 누가 먼저 구조하러 올 것인지 내기를 했다. 유봄도 궁금했다. 구조도 구조였지만 그날도 출근했던 엄마 아빠가 무사한지 궁금했다. 그리고 그날 결국 나타나지 않은 한동이 사고를 당한 건 아닐까 무서웠다. 유봄은 고개를 흔들었다. 꼬리에 꼬리를 무는 걱정을 지워내기로 했다. 적어도 오늘만큼은.

희망. 오직 희망이 사람들을 살게 했다. 희망이 사람들을 선량하게 했다. 조금만 더 버티면 언젠가 구조대가 올 거라는 희망. 단지 그 희망만이 사람들이 오늘을 버틸 수 있게 지탱해 주고 있었다.

*

하루하루 지날수록 바닷물이 조금씩 더 차올랐다. 표지판 밑동에 걸어두던 오리배의 밧줄 고리는 이제 중간 부분까지 올라갔다. 그보다 심각한 문제는 식량이 거의 떨어졌다는 거였다. 인근 빌라에서 먹을 것을 찾는 데에는 한계가 있었다. 일주일이 지나자, 대부분 식재료는 상해버렸고, 통조림이나 과자를 소분해서 먹어야 했다. 구조대가 도대체 언제 올지, 정말 오긴 할 건지조차 알 수 없었기 때문에 얼마나 잘게 나눠야 할지가 매일의 고민이었다.

유봄은 사람들과 함께 찌개를 먹고 맥주를 마신 그 저녁을 최후의 만찬이라 부르기로 했다. 그날 이후 사람들이 먹을 것을 나눠 먹는 일은 거의 없었다. 각자 자기가 구한 식량을 아껴 먹기 바빴다.

식량이 떨어지자, 아차산을 오르는 이들도 생겼다. 하지만 도시에서 살아가는 데 길든 사람들은 산속에서 무언가를 얻는 데 익숙하지 않았다. 무슨 식물을 먹을 수 있는지, 어떤 버섯에 독성이 없는지, 산새들을 잡을 수 있는지, 잡더라도 요리를 할 수 있는 사람이 있는지. 야생의 지구에서는 하나하나가 어려운 문제였다. 산을 오른 뒤 다시 돌아오지 않는 사람들도 생겼지만 유봄은 섣부른 모험을 시도하지 않았다. 물론 저 산 위에 여기보다 더 좋은 터전이 있을지도 모른다. 하지만 오리배를 두고 멀리 다녀오는 건 어쩐지 찜찜했다. 누군가 유봄이 없을 때 오리배를 타고 떠나더라도 막을 방법이 없었다.

산을 오르지 않은 사람 대다수는 파도에 밀려오는 쓰레기

더미를 뒤지며 식량이나 물품 따위를 구하고 있었다. 이제 아차산도 나름 섬이 되었다고 파도가 쳤다. 유봄도 다른 사람들처럼 해안가에서 무언가 떠밀려 오면 쓸만한 물건이 있는지 뒤지곤 했다. 하지만 간혹 시신들이 파도에 쓸려 오는 무서운 광경을 목격할 수 있었기 때문에 주의가 필요했다.

그나마 작은 희망이 있다면 한 번씩 멀리서 지나가는 헬리콥터였다. 그건 군용 헬리콥터로 보였고 하부에 커다란 짐을 매달고 있었다. 아마도 필요한 물자들을 구해 어디론가 수송하고 있는 것 같았다. 사람들은 그때마다 옷을 흔들고 소리를 지르며 도움을 요청했지만, 헬리콥터는 못 본 것인지 못 본 척하는 것인지 아무런 반응이 없었다.

그날도 헬리콥터가 한 대 지나갔다. 늘 같은 방향이었다. 준비한 대로 연기를 피워서 흔들었지만, 이번에도 허무하게 지나가 버렸다. 기운 빠진 유봄이 허기를 달래기 위해 벗겨 낸 나뭇가지를 씹고 있을 때 아주머니 한 사람이 말했다. 무얼 하다 해일에 휩쓸린 건지 알록달록 화려한 꽃무늬 블라우스를 입고 있었다.

"지금 군대만이 유일하게 생존 물자를 확보하고 있어."

확신에 찬 어조였다. 증명할 길은 없었지만, 그럴 것도 같았다. 어디로 가는지는 몰라도 저렇게나 열심히 짐을 실어 나르고 있으니 말이다.

과연 국가는 제 기능을 하고 있는지, 생존자에 대한 구조는 진행되고 있는지 사람들은 불안감을 극복하기 위해 이런저런 정보를 교환했지만 모두 가설에 불과할 뿐 그 누구도 진실은 알 수 없었다. 답답했다. 인터넷도 방송도 없는 세상은. 해일이 밀려오던 날 요란하게 울려 퍼졌던 대피 방송조차 그날 이후로는 두 번 다시 들을 수 없었다.

그때 갑자기 산등성이 언저리에서 사람들의 환호성이 들려왔다. 유봄의 머리에 가장 먼저 스친 단어는 '구조대'였다. 드디어 구조대가 온 건가? 다른 사람들의 생각도 크게 다르지는 않았던 것 같다. 누가 먼저랄 것도 없이 너도나도 환호성이 들린 곳을 향해 달리기 시작했다. 유봄도 덩달아 그들과 함께 뛰었다. 숨이 턱까지 찼지만 그곳에서 희망을 발견할 수 있다면 숨이 차는 것 따위 아무것도 아니었다.

하지만 환호성의 진원지에 도달했을 때 목격하게 된 풍경은 유봄의 기대와는 조금 달랐다. 그곳에서는 한 사람을 중심으로 사람들이 둥글게 모여 앉아 있었다. 카키색 야상을 입고 수염이 듬성듬성 난 남자였다. 그는 신중한 표정으로 껌 같은 걸 질겅질겅 씹으며 자신의 작업에 몰두했다. 배터리와 오색 전선, 길쭉한 안테나와 스피커 부속품 같은 것들이 복잡하게 얽혀 있는 그 물건에서 다이얼처럼 생긴 부품을 조심스럽게 돌리자, 주파수를 맞출 때 나는 불쾌한 잡음이 들렸다.

"춘식 씨, 안테나를 조금만 더 저쪽으로 돌려 봐. 아까는 됐잖아."

사람들은 그 남자를 춘식 씨라 불렀다. 그가 보이지 않는 전파를 낚아채려는 것처럼 안테나 끄트머리를 조금씩 기울이자 어느 순간 스피커에서 잡음이 사라졌다. 그 자리의 모두가 저절로 숨죽이게 되는 순간이었다.

" …어디선가 이 방송을 듣고 있을 생존자 여러분, 안녕하신가요?"

스피커 너머로 또렷이 들리는 목소리에 아까 유봄이 들었던 것과 같은 탄성이 절로 터져 나왔다. 감격에 겨워 소리를 지르며 손뼉을 치는 사람마저 있었다. 방송이라니! 잃어버린 문명을 되찾은 느낌이었다.

방송을 하는 사람은 자신을 어린이 전파 교실 강사 출신의 유튜브 크리에이터라고 소개했다. 지금은 생존자들에게 메시지를 전하면서 군인들과도 교신을 시도 중이라고 했다.

"저희 아파트에서 보면 매일 군인들이 보트와 헬기로 이동하는 모습이 보이거든요? 아침에는 북서쪽으로 갔다가 저녁에는 남동쪽으로 돌아가는 걸 반복하고 있어요. 아마 더 급박한 지역부터 투입되고 있는 것 같아요. 이 방송을 듣고 계신 여러분도 조금만 더 힘내시면 반드시 구조될 거라 믿습니다! 오늘도 제가 간이 무전기 만드는 법을 알려드릴게요. 누군가 이 방송을 듣고 꼭 저와 교신을 성공하길 바랍니다."

그는 주변에서 얻을 수 있는 전자기기 부속품을 이용해 무전기를 만드는 방법을 알려주겠다고 했다. 그 순간 갑자기 방송이 꺼졌다. 정적이 흘렀다. 유봄은 숨을 삼켰다. 뭐가 잘못된 거지? 잠깐 되찾았던 문명을 잃은 심정이란 이루 말할 수 없었다. 춘식 씨가 고개를 들었다.

"혹시 휴대폰 빳데리 남아 있는 분 없나요?"

비로소 한숨을 쉴 수 있었다. 그저 배터리가 다 된 거였다. 물론 전기가 없는 세상에서 충전된 배터리를 구하기도 쉬운 일은 아니었다. 춘식 씨가 만든 라디오는 휴대전화 배터리를 동력으로 사용하고 있었다. 그때부터 사람들은 배터리가 떨어질 때마다 하나씩 자발적으로 자신의 휴대전화를 춘식 씨에게 기부하기 시작했다. 어차피 터지지도 않는 휴대전화 같은 건 이 절망적인 세상에서 큰 쓸모가 없었다. 희망의 메시지를 전하는 라디오 방송 쪽이 훨씬 더 매혹적이었다.

하지만 유봄은 어쩐지 자신의 휴대전화를 내놓기가 망설여졌다. 별다른 이유는 아니었다. 오직 그곳에 저장된 사진 앨범 때문이었다. 늦은 밤 마음이 약해지고 절망에 빠지려는 순간에 그래도 잠깐씩 휴대전화를 켜고 엄마, 아빠, 친구들과 같이 찍은 사진들을 보는 게 유봄에겐 커다란 위안이었다. 기왕이면 마지막까지 간직하고 있다가 최후의 순간에 내놓고 싶었다.

그러던 어느 날, 라디오 속의 남자는 놀라운 소식을 전했다. 드디어 군인들과 교신이 되었다는 것이었다.

"놀라지 마세요! 군인들이 제가 있는 위치가 정확히 어딘지 반복해서 물어봤어요. 그리고 더 놀라운 건…."

남자는 잠깐 뜸을 들였다가 말을 이었다.

"오늘 밤 찾아오겠대요!"

라디오 너머로도 흥분된 감정이 숨겨지지 않았다. 유봄은 자기도 모르게 손톱자국이 생기도록 주먹을 꼭 쥐고 있었던 걸 깨달았다.

"여러분들도 끝까지 포기하지 말고 꼭 무전기를 만드세요! 저와 교신이 되는 날 제가 군인들과 함께 반드시 구조하러 가겠습니다! 그리고 오늘 밤 제 실시간 구조 현장 중계도 놓치지 마세요!"

그 방송을 들은 순간부터 오직 어떻게든 무전기를 만들어야 한다는 일념만이 아차산을 지배했다. 빨리 교신을 시도하고 싶었다. 지금 세상에서 믿을 건 춘식 씨밖에 없었다.

춘식 씨가 방송을 들으며 무전기를 만들기 위해 노력하고 있었지만, 재료와 도구가 너무 부족했다. 사람들은 다시 한번 춘식 씨를 독려하며 작은 재료라도 도움이 될 만한 것들을 구하기 위해 모두 함께 해안가로 내려갔다. 사람들은 떠내려온 물건이나 빌라를 뒤지며 모처럼 말이 많아졌다. 정말 오랜만에 아차산에 웃음소리가 울려 퍼졌다.

사람들이 교신된 군인들에 대해 애기하자 유봄은 한동이 생각났다.

"동이라는 제 친구가 군인인데 무사할까요?"

"남친이 군인이었다면 살아 있을 거야."

누군가 확신에 찬 말투로 대답했다. 돌아보니 꽃무늬 블라우스를 입은 그때 그 아주머니였다. 유봄이 반문했다.

"하지만 휴가 중이었는데요?"

"살아 있다면 복귀했겠지. 바보가 아니라면."

"바보라서요."

그 말에 모처럼 사람들이 웃었고 유봄은 한동이 남자친구가 아니라는 설명을 굳이 덧붙이진 않았다. 기왕이면 군인인 남자친구가 있다고 사람들에게 말해두는 쪽이 조금이나마 안전에 도움이 될 것 같았다. 사실 먹지도 못할 남친의 유무 같은 건 지금의 유봄에게는 아무런 의미도 없었다. 그저 생존에 도움이 되느냐 아니냐가 중요할 뿐이었다.

"아가씨, 몇 살?"

"스무 살이요."

"아이고, 우리 딸 같네. 우리 딸은 저기 분당에 회사 다니는데.”

친근감을 표현하려는 의도였겠지만 유봄은 아주머니가 전혀 엄마 같지 않았다. 게다가 이제 막 대학에 입학한 유봄에게 회사라는 건 아주 먼 얘기였다. 자신을 지그시 바라보는 아주머니의 시선이 어쩐지 부담스러워 유봄은 오리배로 향했다.

오리배를 몰아 해안가 주변을 돌며 빌라와 주택 안쪽을 뒤졌지만 소형 전자제품 몇 개를 챙겨온 것 외에 마땅한 소득은 없었다. 어차피 분해해서 부품만 쓰는 거라면 이런 것들도 도움이 되지 않을까 하는 막연한 생각이었다.

날이 어두워지자 사람들은 다시 춘식 씨 주변으로 모였다. 당장 무전기를 만들 순 없기에 비록 연락을 취할 방법은 없었지만 그래도 구조 현장 생중계가 궁금했다. 그런데 춘식 씨가 또다시 배터리가 다 떨어졌음을 알렸다. 사람들이 서로의 얼굴을 쳐다보았지만 다들 남은 배터리가 없었다. 유봄이 드디어 자신이 낼 차례가 된 건지 망설이고 있던 찰나였다. 춘식 씨가 날카로운 표정으로 손가락을 내밀어 유봄을 지목했다.

“아가씨, 핸드폰 있는 거 다 아는데?”

일순 그곳의 모든 사람이 유봄을 돌아봤다. 당황한 유봄이 주머니에서 휴대전화를 꺼내자 바로 옆에 서 있던 아주머니가 낚아채듯 빼앗았다. 아까 해안가를 탐색할 때도 유봄의 곁에서 맴돌던 그 꽃무늬 옷의 아주머니였다. 딸 같다고 할 땐 언제고, 뭐 이런 엄마 같지도 않은 사람이 다 있지?

휴대전화를 춘식 씨에게 전달하는 아주머니는 전리품을 갖다 바치는 것처럼 의기양양했다. 젊은 사람이 이기적이라며 노골적으로 수군대는 소리가 들렸다. 이렇다 할 변명의 기회조차 얻지 못한 채 유봄은 그들이 보내는 질타의 눈빛을 온몸으로 받아내야 했다. 갑자기 사람이 무서워졌다.

춘식 씨는 유봄의 휴대전화 본체에서 빠르게 배터리를 분리한 뒤 기기는 뒤로 휙 던져버렸다. 유봄은 사람들이 라디오에 주목하는 사이 힘없이 걸어가 바닥에 내팽개쳐진 자신의 휴대전화를 주워 들었다. 아마도 다시는 볼 수 없을 엄마 아빠의 사진을 생각하며 휴대전화를 가슴에 꼭 끌어안았다. 이젠 받아들여야 했다. 어리광을 부릴 사람도, 자신을 챙겨줄 사람도 이곳엔 더 이상 존재하지 않았다. 어떻게든 혼자서 모든 걸 해내야만 했다. 강해져야 해. 유봄은 마음을 굳게 다잡았다. 그 순간 라디오가 다시 연결되었다.

"...사합니다, 감사합니다! 드디어 저희 아파트 옥상에 헬기가 착륙했습니다. 이제 제가 마중 나가보도록 하겠습니다."

잠깐 분주한 소음이 지나간 뒤 쾅쾅쾅쾅. 갑자기 철문 같은 걸 두드리는 소리가 났다.

"아니, 마중 나가기도 전에 벌써 오셨네요. 그럼, 문을 열어 드리겠습니다."

우지끈. 무언가 부서지는 소리. 그리고 멀리서 낯선 중저음의 목소리가 들렸다.

"꼼짝 말고 거기 서 있어."

무슨 일이 일어난 걸까? 사람들은 의아한 표정을 교환하며 몸을 라디오로 기울였다. 영상이 없다는 게 이렇게 답답하다는 것을 이전에는 미처 알지 못했다.

"악!"

이번에는 퍽퍽 무언가를 세게 때리는 소리와 함께 남자의 비명 소리가 들렸다. 서서히 라디오를 듣던 사람들의 안색이 변하기 시작했다. 아무리 긍정적으로 생각해도 구조 현장에서 들릴 만한 소리는 아니었다. 군인으로 추정되는 남자의 목소리가 계속해서 전파를 탔다.

"와, 이 새끼 이거, 가지고 있는 장비가 엄청난데?"

뒤이어 이것도 챙겨, 저것도 챙겨, 하며 누군가 지시하는 소리가 낮게 들렸다. 얼마나 시간이 흘렀을까. 익숙한 라디오 속 남자의 목소리가 들렸다.

"저 구해주러 오신 거 맞죠?"

"그래 보이냐?"

어딘가 비꼬는 뉘앙스였다. 남자가 통사정했다.

"제발 저도 데려가 주세요."

"이거 놔!"

"저 만기전역한 예비역 병장이고요. 저 장비들 정말 제가 잘 다룰 수 있습니다."

"장비는 우리 통신병들이 더 잘 알아. 사람은 더 필요 없어."

"제발요!"

남자의 목소리가 갈라졌다. 절규에 가까웠다.

"이거 놓으라니까!"

"싫어요! 데려가세요!"

"아, 놓으라고 새끼야!"

탕! 목소리가 잘 안 들려 라디오 가까이에 모여 있던 사람들이 화들짝 놀라 뒤로 물러났다. 그만큼 큰 소리였다. 유봄도 앞에 있던 꽃무늬 옷의 아주머니에게 떠밀려 바닥에 나뒹굴었다. 하지만 지금 그런 게 문제가 아니었다. 그건 어떻게 들어도 총소리였다.

"아이 씨, 기분 더럽게. 이건 또 뭐야? 이 미친 새끼 어디 방송 같은 거 하고 있었던 거 아니야?"

그리고 지직, 단말마처럼 짧은 잡음과 함께 방송이 끝났다. 라디오를 듣던 그 누구도 한참 동안 말을 꺼내지 못했다. 무섭도록 고요한 충격이 파도처럼 아차산을 휩쓸었다.

잠깐이나마 희망인 줄 알았던 그것은 결국 절망이라는 이름의 방송이었다. 마음을 먼저 추스른 사람부터 힘없이 자기 자리로 돌아가기 시작했다. 불빛 하나 없는 하늘에는 별빛만이 총총했다.

*

　여전히 당장 먹을 식량을 구하는 것이 아차산의 사람들이 직면한 가장 심각한 문제였다. 유봄에겐 아껴둔 최후의 비상식량이 있었다. 라이딩 가방에 담아왔던 작은 초콜릿 바. 한동과 자전거를 타다가 당이 떨어졌을 때 하나씩 나눠 먹으려고 딱 두 개를 챙겼었다. 더 챙겼어야 했는데! 지구 온난화의 시대에는 칼로리 걱정도 사치란 걸 그땐 몰랐었다.

　유봄은 화장실에 가는 척하며 수풀 깊숙이 숨었다. 그곳에서 한입 크기로 낱개 포장된 초콜릿 바 하나를 사람들 몰래 뜯어 여러 번에 걸쳐 나눠 먹었다. 달았다. 허기를 면할 순 없었지만, 아무것도 안 먹는 것보다는 확실히 나았다. 누가 이기적인 행동이라 비난하더라도 어쩔 수가 없었다. 일단 자신부터 살아야 했다.

　사람들은 아차산 꼭대기에서 보이는 물에 잠기지 않은 고층 건물들을 가리키며 저곳에는 아직 먹을 게 남아 있을 거라고 했다. 그중에는 상가나 사무실도 있고, 오피스텔이나 가정집도 있을 테니 아마 그건 사실일 가능성이 높았다. 모든 것이 바닷속에 잠긴 아틀란티스 같은 시대에도 물에 잠기지 않은 이 새로운 섬들을 사람들은 '부동산(不動山)'이라고 불렀다. 움직이지 않는 산(山). 부동산(不動産)에서 재산을 의미하는 마지막 한자만 산(山)으로 바꾼 것이다. 모든 문명이 변하고 사라져 버린 이 시대에도 여전히 과거의 화려한 모습을 간직한 채 굳건히 제자리를 지키고 있는 부동의 산. 누가 먼저 그렇게 부르기 시작했는지는 몰라도 그럴듯했다.

이제 아차산의 사람들은 너도나도 부동산으로 가고 싶어 했다. 곳곳에서 살아남기 위해 판자로 뗏목 같은 걸 만들려고 시도를 하는 사람들이 생겨났다. 물론 도시 생활만 하던 사람들이 갑자기 뗏목을 만든다는 게 말처럼 쉽지는 않았다. 나무로 만든 뗏목부터 페트병으로 만든 뗏목까지 여러 차례 시도가 있었지만, 성공한 사람은 하나도 없었다. 부동산은 가진 게 없는 사람들이 쉽게 갈 수 있는 곳이 아니었다. 지금까지는 아무도 유봄의 오리배를 노골적으로 탐내지 않았지만, 시간이 갈수록 오리배를 보는 시선이 점차 심상치 않아진다는 것을 느낄 수 있었다. 그들의 시선을 보면서 유봄은 예감했다. 조만간 여기를 떠나야 할 때가 되었다고.

혼자만 훌쩍 떠나는 건 마음에 걸렸다. 외롭다거나 미안

하다거나 하는 문제는 아니었다. 앞으로의 생존을 생각했을 때 혼자서 모든 걸 헤쳐 나가는 것보다는 아무래도 믿을 수 있는 동료를 찾아서 함께 가는 편이 나을 것 같았다. 힘을 합쳐서 페달을 밟고, 위급할 때 서로를 도울 수 있는 동료 말이다. 흘깃 뒤를 돌아봤다. 여전히 화려한 꽃무늬 옷을 입고 유봄 근처를 맴도는 아주머니. 적어도 저 사람은 아니었다. 아마도 위기 상황에선 유봄을 미끼로 던질 것만 같았다.

유봄이 눈여겨 봐둔 사람들은 따로 있었다. 처음 아차산에 도착했을 때 오리배를 묶는 걸 도와줬던 가족. 유치원생으로 보이는 여자아이 하나와 그 아이의 부모. 세 가족 모두 선량해 보였다. 배고프고 힘들다며 칭얼대는 아이를 달래고 놀아주며 어떻게든 지금의 절망을 이겨내려는 그 모습이 안쓰럽기도 하고 감동적이기도 했다.

그 가족은 파도에 떠내려온 옷가지들을 엮어 텐트를 만들어 생활하고 있었다. 알록달록한 오색 천 조각이 나뭇가지에 걸려 늘어진 그 모습은 확실히 아이가 있는 집처럼 보였다. 유봄은 자연스럽게 그들의 텐트 근처로 자리를 옮겨 잡았다. 라디오 사건 이후 사람들은 더욱 날카로워졌고 서로를 경계하기 시작했다. 하지만 그 가족들은 근처에 자리 잡은 유봄을 그리 경계하지는 않는 눈치였다. 솔직히 유봄이 스스로 생각하기에도 자신은 이 세상에서 그리 위협적인 존재가 아니었다. 그리고 사실 그게 유봄의 문제이기도 했다. 이 세상에서 위협적이지 않은 존재는 생존에 불리했다.

저녁 무렵 부모가 해안가에 내려갔을 때 유봄은 쪼그리고 앉아서 흙장난하는 아이에게 다가가 말을 걸었다.

"넌 이름이 뭐니?"

"개나리예요. 홍개나리."

"우와, 정말 예쁜 이름이네!"

묘한 인연이라고 생각했다. 개나리라면 봄을 상징하는 꽃 아닌가. 그런데 개나리는 노란색인데 성이 홍 씨라 더 재미있게 느껴졌다. 섞으면 주황색이 되는 걸까?

"언니 이름은 봄이야. 유봄. 우리 같이 놀까?"

유봄은 개나리와 주변의 재료들로 소꿉놀이를 시작했다. 크고 편평한 돌을 접시 삼아 나뭇잎으로 도우를 만들고 흙으로 반죽을 올린 뒤 예쁜 돌로 장식하니 멋진 피자가 되었다. 풀과 나뭇잎을 갈아 샐러드를 만들고 꽃으로 장식했다. 디저트라며 흙으로 케이크도 만들었다. 유봄도 모처럼 순수한 동심으로 돌아가 행복한 시간을 즐겼다. 단 한 가지 치명적인 실수가 있다면 하필 소꿉놀이를 했다는 것이다. 가짜 음식들을 실컷 만들어 놓고 보니 그렇게 배가 고플 수가 없었다. 그건 개나리도 마찬가지였던 거 같았다.

"근데 언니, 먹을 거 없어요? 배가 너무 고파요."

그 표정과 눈망울이 너무 안쓰럽고 미안했다. 유봄은 굳은 결심을 하고 마지막 남은 초콜릿 바를 꺼내 아이에게 줬다. 그러자 아이의 표정이 확 밝아지는 게 눈에 보였다.

"감사합니다."

아이는 두 손으로 공손하게 받고 배꼽인사도 했다. 그 모습이 눈부시게 귀여웠다. 아이의 얼굴이 노을에 물들어 주황빛으로 따스하게 빛났다.

그때 어떤 확신이 유봄의 머리를 스쳤다. 어쩌면 이건 기회일지도 모른다. 내일 아침에 이 가족들과 함께 떠나자고 제안해 봐야겠다.

*

그날 밤 습격이 있었다.

나무에 기댄 채 반쯤 잠들었던 유봄은 갑자기 숨통이 조여오는 느낌에 번쩍 눈을 떴다. 그런데 눈앞에 닥친 광경은 너무나 충격적이었다. 웬 정체불명의 남자가 나무 막대기 같은 걸로 유봄의 목을 강하게 누르고 있었다. 숨이 턱 막히는 고통에 비명조차 제대로 나오지 않았다.

"먹을 거 어디 숨겨놨어?"

정신을 차리고 보니 어둑한 그림자 사이로 보이는 얼굴이 개나리의 아빠였다. 바로 옆에는 개나리의 엄마도 있었다. 주변을 경계하며 망을 보는 것 같은 자세였다. 이게 대체 무슨 상황이지?

"왜 이러세요?"

"먹을 거 어디 숨겨놨냐고?"

"숨겨놓은 거 없어요."

"아까 우리 애한테 과자 준 거 다 알아!"

"그게 마지막 한 개였어요!"

"거짓말하지 마!"

유봄은 아찔했다. 조금 전까지만 해도 이 사람들과 함께 여기를 떠나려 했었는데…. 선의로 아이에게 준 달콤한 초콜릿 바의 대가가 이런 폭력이라니! 지금이라도 함께 오리배를 타고 나가려던 계획을 밝히고 이들을 설득해야 할까?

아니다. 이미 신뢰는 깨졌다. 그것도 무참히 깨졌다. 언제 또 갑자기 돌변할지 모르는 사람들과 함께 떠날 수는 없었다. 마음속 깊은 곳 어딘가가 크게 다치는 것을 느끼며 유봄은 생존본능으로 재무장했다.

"저기 저 소나무 뒤에,"

아이 부모의 시선이 유봄이 손가락으로 가리키는 곳을 따라가는 것을 느꼈다. 지금인가? 아니다. 아직 아이 아빠의 팔

힘이 느슨하지 않다. 인내심을 가지고 침착해야 한다, 봄아. 스스로를 다독이며 말을 이었다.

"거기 가방이 하나 묶여 있을 거예요."

"당신이 한번 가봐."

아이 엄마가 유봄을 쳐다보면서 천천히 움직였다. 소나무는 작은 절벽 앞에 있었다. 유봄은 그 소나무에 주워 온 가방을 하나 묶어 절벽 쪽으로 늘어뜨리는 방식으로 숨겨 놓았다. 가방에는 유봄이 며칠 동안 해안가에서 주워 모은 것들을 담겨 있었다. 하지만 혹시나 생존에 도움이 될까 해서 모아둔 페트병이나 철사 같은 쓰레기들일 뿐 먹을 수 있는 음식 같은 건 전혀 없었다. 즉, 저들이 가방을 열기 전까지 승부수를 던져야 했다.

유봄은 손으로 가만히 땅을 만져보았다. 너무 딱딱했다. 이런, 아차산은 바위산이었지. 영화처럼 흙을 눈에 던지고 도망치는 건 불가능한 상황. 이번에는 조용히 눈을 돌려 아이를 찾았다. 저만치 멀리 늘 머물던 곳에서 옷가지를 이불 삼아 잠들어 있는 아이를 찾을 수 있었다. 정말이지 라식 수술을 안 했으면 어쩔 뻔했는지. 누구라도 언제 발생할지 모르는 지구 멸망에 대비해 좋은 시력을 갖추고 있어야 하는 것이다.

이 사람들은 아무래도 아이가 깨는 건 싫겠지? 그러니 이렇게 아이가 자는 밤중에 조용히 이런 짓을 하고 있는 거겠지? 아이의 엄마가 가방을 집어 든 순간 유봄은 최대한 큰 소리로 외쳤다.

"개나리야! 일어나! 너희 아빠가! 켁!"

유봄은 막대기에 목이 눌려 그 뒷말을 이을 수가 없었다. 하지만 소기의 성과를 거두었다.

"아빠? 뭐해? 언니?"

아이가 깬 것이다. 유봄은 눈에 띄게 당황한 아이의 아빠를 걸어차고 몸을 비틀며 가까스로 일어설 수 있었다. 아직 인정사정의 여지가 있는 사람들이라 그나마 다행이었달까. 유봄은 자신의 어깨를 붙잡는 손을 힘껏 뿌리치고 오리배를 향해 달리기 시작했다. 어두운 밤의 하산 길이었지만 달리는 속도를 늦출 수는 없었다.

"오리배 도망간다!"

뒤에서 아이 아빠가 크게 외치는 소리가 들렸다. 이 사람들에게 내 정체성은 고작 오리배였던 건가. 잠시 후 여기저기서 사람들이 웅성대는 소리가 들리며 횃불 같은 것이 가로등처럼 하나둘 켜졌다. 그때였다.

"잡아라!"

익숙한 목소리. 꽃무늬 아주머니가 날카롭게 외쳤다. 그 말을 신호로 모두가 유봄을 향해 뛰기 시작했다. 무서운 광경이었다. 유봄은 달리면서도 온몸에 소름이 돋는 것을 느낄 수 있었다. 야만의 시대가 열렸다.

바닥만 보고 쉴 새 없이 달린 유봄이 가장 먼저 오리배에 도달했다. 유봄은 팻말에 걸어 놓은 오리배의 줄을 풀며 눈으로는 뒤쫓아 오는 사람들의 속도를 가늠해 보았다. 10초 정도 남았을까. 다이빙하듯이 오리배에 뛰어들어 필사적으로 페달을 밟기 시작했다. 자전거에 오리배까지, 전생에 페달의 신과 원수를 진 게 틀림없었다.

'죄송합니다. 페달의 신이시여, 이만 나의 전생을 용서하소서.'

뒤에서 사람들의 고함, 물에 뛰어드는 소리, 무언가를 던지는 소리가 들렸다. 가장 위협적인 것은 돌이었다. 누군가 돌을 던져 오리배의 선체를 계속 맞히고 있었다. 돌아보니 춘식 씨였다. 그 순간 유봄의 얼굴 옆을 돌멩이 하나가 휙 스쳐 갔다. 오싹했다. 춘식 씨가 맞히고 싶은 건 오리배가 아니라 바로 유봄 자신이었다. 유봄은 혹여나 돌에 맞을까 봐 고개를 숙인 채 이를 악물고 페달을 밟아야 했다.

파도는 해안가에서 부서질 때 가장 강했다. 처음이 힘들었지, 가속도가 붙은 오리배로 10분 정도 역주하고 나자, 해안가와 제법 멀어졌다. 그쯤 되자 주변의 파도도 잔잔해졌다. 이제 물이 깊어졌다는 뜻이다. 주변은 고요했고 해안가의 불빛도 하나둘 꺼지기 시작했다. 어두운 밤바다에 여기까지 수영해서 쫓아올 사람은 없을 것이다. 유봄도 숨을 좀 돌릴 수 있었다. 공복에 모든 에너지를 쏟았더니 온몸의 칼로리란 칼로리는 다 빠져나간 느낌이었다. 예전의 지구로 되돌아갈 수만 있다면 오리배 다이어트 사업을 스타트업 아이템으로 진지하게 검토해 봐도 좋겠다고 생각했다.

전혀 예상치 못한 방식이긴 했지만 유봄은 결국 혼자의 힘으로 섬을 빠져나오는 데 성공했다. 하긴 언제는 이 세상이 예상대로 굴러가던 때가 있었던가.

'파도를 넘었어.'

파도 위로 새하얀 달빛이 부서졌다. 슬프고 아름다웠다.

Wave 2 ___ 여름의 송곳니

철썩. 벼랑을 때리는 파도 소리가 사나웠다. 까마득한 벼랑 아래를 내려다보던 그때 무언가 날카로운 게 유봄의 뺨을 스치고 날아갔다. 왼쪽 뺨이 불에 덴 것처럼 화끈했다. 유봄은 몸을 숙여 바닥에 떨어진 물체를 확인했다. 달빛에 비친 그건 끝을 뾰족하게 송곳처럼 갈아놓은 나무 막대기였다. 화살? 고작 봄에서 여름이 되는 짧은 시간 동안 활과 화살을 만들어 내고, 또 사람을 맞힐 실력이 된다고? 에이, 우연이겠지. 일어서서 뒤를 돌아보는 유봄의 목덜미에 또 화살 하나가 스쳤다. 유봄은 기겁했다. 우연이 아니었다. 과연 올림픽에서 양궁 금메달을 석권하던 민족이라는 건가.

언덕 아래에서 활을 든 남자가 유봄을 겨냥하며 올라오고 있었다. 그 옆엔 나무 창을 든 남자, 쇠꼬챙이 같은 걸 든 남자도 있었다. 아무리 생각해도 차분히 절벽을 타고 내려갈 여유 따윈 없었다. 어쩌다 이렇게 되어버린 걸까. 유봄은 검푸른 바닷물을 보며 고민에 빠졌다.

1시간 전 유봄은 바로 이 벼랑을 오르고 있었다. 어찌나 용을 썼던지 손가락 끝이 다 아릴 지경이었지만 집념 하나만으로 기어코 오르고 말았다. 목표는 벼랑 위에서 내려다보이는 중고등학교처럼 보이는 건물. 해안가에 맞닿아 있는 학교 운동장 한가운데에는 모닥불이 피워져 있었다.

산채였다. 예상대로 규모가 작았다. 그만큼 지키는 사람도 적을 터였다. 유봄은 건물을 내려다보며 머릿속에 식량 창고의 위치를 추측했다. 학교를 산채로 쓰고 있다면 급식실이 유력했다. 유봄은 가파른 언덕을 미끄러지듯 타고 내려갔다. 학교 담장의 틈새로 운동장 가운데에 피워 놓은 모닥불이 일렁이는 게 보였다. 구수한 냄새가 후각을 자극하고 있었다. 요리하는 모양이었다. 유봄은 군침을 꼴깍 삼켰다. 배에서 꼬르륵 소리가 날까 봐 무서웠다.

모닥불 앞에 앉아 있는 사람은 예닐곱 명. 고작 저 정도의 인원인데 아까 그렇게까지 모질게 굴었던 거였나 싶었다. 모닥불에 비치는 얼굴 중 덩치 큰 남자 둘은 구면이었다. 오늘 낮에 주인 없는 오피스텔 안에서 참치 통조림을 발견하고 기뻐하던 유봄에게 칼을 들이대며 협박했던 놈들. 다 가져가도 되니까 오늘 먹을 참치 통조림 딱 한 개만 남겨달라고 통사정했는데, 끝끝내 마지막 캔 하나까지 다 챙겨가고야 만 지독한 인간들이었다. 한 개만 남겨줬어도 이렇게 몰래 뒤를 밟는 짓까진 하지 않았을 텐데.

유봄에게도 오기가 생겼다. 그 참치는 유봄이 먼저 발견한 거였으니까. 어떻게든 참치 통조림 하나를 되찾아 오고야 말겠단 일념으로 여기까지 왔다. 물론 아무 대책 없이 온 건 아니었다. 저들은 산적치고는 허술한 구석이 있었다. 아마 새로 생겼거나 몇 사람 없는 소규모 산채일 거로 생각했다. 그 예상은 보기 좋게 적중했다.

이런 지형에서 침입자들은 낮은 해안가에서 산을 타고 올라올 테니 방어 태세도 아래로 집중돼 있을 것이다. 유봄은 섬 반대편으로 돌아 거꾸로 절벽을 오른 뒤 위에서부터 내려가는 길을 택했다. 아마 산 위에서 내려오는 사람이 있을 거라곤 상상도 못 했을 것이다. 특히 이런 절벽이 있는 산을.

유봄은 학교 담장 안으로 뛰어내렸다. 모래 운동장에 착지하는 소리가 신경 쓰였다. 다행히 모닥불 주변의 사람들은 아직 눈치를 못 챈 것 같았다. 그들을 주시하며 슬며시 돌아 유리문을 열고 건물 안으로 들어갔다. 짐작했던 위치에 급식실이 있었다. 빙고! 빼꼼히 안쪽을 들여다보자 캄캄한 급식실 식탁 위에 이것저것 너저분하게 쌓여 있었다. 달빛에 비친 실루엣만으로도 분명히 알아볼 수 있는 게 있었다. 저건 참치 통조림이다! 나한테 빼앗아 간 바로 그 통조림! 유봄은 문을 열고 들어가서 참치 통조림부터 잡아 봉지에 담기 시작했다. 이건 내 꺼. 그리고 이건 이자.

이렇게 쉽다고? 그때까지만 해도 너무 쉬워서 하품이 나올 지경이었다. 문제는 유봄의 욕심이 조금 과했다는 점이었다. 나오는 길에 봉지가 터지면서 참치 통조림들이 요란하게 쏟아져 버렸다. 유봄은 떨어진 통조림보다 모닥불 쪽을 먼저 봤다. 모닥불의 모든 남자들이 이쪽을 보고 있었다.

"너 뭐야?"

망했다. 그래도 물어보면 대답은 해주는 게 예의겠지.

"저는 참치 캔 주인이에요."

유봄은 눈앞의 통조림 하나만 집어들고 대뜸 뛰었다.

그래서 도달한 곳이 처음의 그 벼랑이었다. 어쩐지 너무 쉽다고 생각했어. 유봄은 손에 든 참치 통조림을 만지작거렸다. 올라올 땐 그렇게 높아 보였던 벼랑이 막상 위에 서니 뛰어내릴 만한 높이로도 보였다. 10여 미터 남짓? 하지만 유봄은 높은 곳에서 떨어질 때 내장이 중력을 벗어나는 그 느낌을 끔찍이 싫어했다. 그래서 번지점프는커녕 놀이공원에서 바이킹 한번 타본 적이 없었는데, 바로 실전이라니!

"너 이제 뒈졌어."

목소리가 너무 가까워서 가슴이 철렁하며 뒤를 돌았다. 쇠꼬챙이를 든 남자가 어둠 속에 서 있었다. 남자까지의 거리도 10여 미터 남짓. 이래 죽으나 저래 죽으나 어차피 죽을 거라면 희망이 있는 쪽으로. 유봄의 철칙이었다. 유봄은 망설임 없이 10여 미터 아래를 택했다.

정신을 차려보니 손발을 버둥거리며 물 위로 떠 오르고 있었다. 수면과 부딪힐 때 입은 타박상으로 온몸이 따끔거렸지만 죽진 않았다. 그러면 성공인 거지. 수면 위에서 참았던 숨을 한 번에 내뱉었다. 오리배, 오리배! 아까 묶어둔 바위에 그대로 있었다. 유봄은 오리배에 올라타서 곧바로 도망치기 시작했다. 저놈들이 쫓아오려면 다시 산을 내려가 학교 운동장 옆의 해안가에 세워둔 나룻배까지 가야 할 테니 도망칠 시간은 충분했다. 슬쩍 벼랑 위를 올려다봤다. 남자들은 화살을 쏠 의사조차 없어 보였다. 하긴, 어떻게 깎은 화살일 텐데 낭비하고 싶진 않을 거였다.

겨우 한숨을 돌리며 운전대를 잡은 두 손을 본 유봄을 깨달았다. 참치 통조림! 물에 빠졌을 때 참치 통조림을 놓쳤구나. 망할. 한숨이 절로 나왔다. 고생은 고생대로 하고 얻은 건 하나도 없었다.

*

산적. 유봄은 그들을 그렇게 불렀다. 그들은 지금은 섬으로 변한 산지에 자리를 잡은 정착민들이었다. 정착민들은 마치 원시 시대로 돌아간 것처럼 수렵과 채집, 어로 생활을 하며 살았다. 하지만 봄이 지나는 동안 힘이 센 자를 중심으로 산속에 토성이나 요새를 짓고 한정된 자원을 쟁취하기 위한 전쟁이 벌어지기 시작했다. 누군가는 전쟁으로, 또 누군가는 굶주림으로 매일 같이 희생됐다.

그들 모두 불과 얼마 전까지만 해도 안온한 도시 생활에 익숙하던 서울 사람들이었을 텐데 이렇게 드라마틱한 삶의 반전이 또 어디에 있을까. 그렇게 살아남은 자들은 또 주변 산을 약탈하거나 빈집을 털며 생존해 나갔다. 그래서 산적이었다. 특히 산적들은 자신들만의 요새, 즉 산채를 가지게 된 이후로는 새로 섬에 진입하려는 외부인들을 침입자로 간주해 잔혹하게 공격했다. 섬에 들어가려다 죽는 이들이 속출해서 어디든 함부로 상륙할 수가 없었다.

유봄이 떠나온 아차산도 이제는 근방에서 가장 강력한 산적 집단이 장악한 곳 중 하나가 되었다. 소문에 따르면 아차산의 두목은 춘식이란 이름이었다. 아차산에는 가까이 접근하기도 전에 온갖 기기묘묘한 장치들로 돌덩이들이 포탄처럼 날아왔다. 다시 그곳으로 돌아가고 싶지도 않았지만, 다시는 돌아갈 수도 없는 곳이 되어버렸다. 가끔씩 이 야만적인 세상에서 어린 개나리는 무사히 지내고 있을까 걱정되기는 했다.

유봄은 오리배를 타고 바다에 잠긴 서울 시내를 헤매는 떠돌이 생활을 했다. 그래도 요즘 같은 세상에서 오리배는 누구나 탐낼 만한 사치스러운 장비에 속하는 편이었다. 그러니까 유봄의 사정은 그나마 다른 이들보다 조금 낫다고 할 수 있었다.

유봄은 자신처럼 배를 타고 바다를 표류하는 해양 유목민들을 '노마드(nomad)'라 불렀다. 이 새로운 바다의 노마드족(族)은 먹을 것이나 유용한 물건을 찾아 이 섬 저 섬을 떠돌아다녔다. 가끔 바다에서 마주치는 배가 있으면 간단히 주변의 상황에 대해 알고 있는 정보를 공유하기도 했지만 그렇게 스쳐 지나갈 뿐 서로 깊이 교류하지는 않았다. 이들은 기본적으로 서로를 믿지 못했다. 노마드들은 대부분 생존을 위해서라면 물건을 훔치거나 약탈하는 일도 서슴지 않았기 때문이다.

특히 개중 일부 세력은 무기를 들고 진짜 해적 행세를 하기도 했기 때문에 모르는 배가 접근할 때는 항상 주의가 필요했다. 소문으로 듣기에는 노골적으로 해골 모양의 해적 깃발을 꽂은 해적선까지 등장했다고 한다. 유봄은 아직 해적을 본 적이 없었지만, 앞으로도 결코 마주치고 싶지는 않았다.

유봄은 남쪽에 병풍처럼 늘어선 고층 빌딩을 보았다. 산에는 산적, 바다엔 해적이 있다면 저곳에는 여전히 문명을 잃지 않은 강력하고 부유한 자들이 있었다. 이른바 '부동산(不動山)' 세력들이었다. 이들은 편서풍과 제트류의 흐름이 붕괴되며 이리저리 요동치는 파도에도 절대 흔들리지 않는 굳건한 인공산, 즉 서울의 고층 건물과 타워들을 장악하고 있었다.

자연의 진짜 산과 달리 부동산에는 여전히 문명이 있었다. 정확하게는 사망선고를 받은 인류가 남겨둔 최후의 유산 같은 문명이었지만, 한 줌밖에 되지 않는 극소수의 인간들이 인류에게 남겨진 기술과 장비를 모두 독점하고 있었다. 어떻게 보면 해일 이전과 크게 달라진 게 없는 것 같기도 했다. 특히 남산타워, 롯데월드타워처럼 주변을 조망하는 요새로 삼을 수 있는 큰 건물들은 가장 힘 있는 자들이 차지했다. 부동산 세력이야말로 진정한 의미에서 이 시대의 권력자들이었다.

해적에, 산적에 부동산이라니! 이것이 21세기 후반을 화려하게 장악할 3대 세력이 되리라고는 그 어떤 미래학자도 예상하지 못했을 것이다. 사실 어느 세력을 만나든 유봄처럼 힘없고 약한 이들은 위험한 상황에 부닥치는 경우가 많았다. 그래서 유봄은 시간 대부분을 오리배에서 바다를 표류하며 보내곤 했다.

*

그 후로 벌써 일주일째 비가 오지 않았다. 원망스러운 하늘은 티 없이 높고 투명했다. 미세먼지 없는 하늘이 이렇게 파랬었나. 인간의 욕망이 뿜어내던 공장의 검은 연기가 사라진 지구의 하늘은 물감을 풀어놓은 것처럼 새파랗기만 했다.

맴, 매앰 매앰 맴, 매앰 맴맴. 유봄은 이제 매미 소리가 들리는 것 같은 환청에 시달리고 있었다. 사방이 바다인 이곳에 매미 같은 게 있을 리가 없는데 말이다.

'이게 다 갈증 때문이야.'

지구 온난화 시대의 한여름. 태양이 머리 꼭대기에서 이글거리는 정오에 접어들자, 허기보다도 갈증이 몇 배는 더 고통스럽다는 것을 알게 되었다. 유봄은 바닷속 어딘가에 보물 상자처럼 잠겨 있을 참치 통조림에 대해 더 이상 생각할 겨를조차 없었다.

페트병에 모아둔 빗물은 마지막 한 방울마저 다 떨어져 버렸다. 이럴 줄 알았으면 빈 페트병을 좀 더 많이 챙겨놓는 건데…. 그나마 지붕이 있어 그늘이라도 있다는 걸 다행으로 여겨야 했다. 파도를 따라 넘실거리는 여름의 오리배 위에서 유봄의 몸도 녹아버린 아이스크림처럼 흐느적거렸다. 왠지 살바도르 달리가 어떤 마음으로 녹아내리는 시계를 그렸는지 알 것만 같았다. 어쩌면 달리도 모든 것이 녹아내릴 것만 같은 한여름에 그 그림을 그린 게 아닐까?

이제 오리배는 유봄의 집이자 방이나 다름없었다. 따지고 보면 친환경 무동력의 이동식 원룸이라고 할 수 있었다. 유봄은 무기나 도구로 쓸 수 있는 물건들을 가방에 담아 오리배에 보관했다. 며칠 전 어느 빈 아파트에서 구한 담요를 뒷좌석에 깔고 쿠션을 놓았더니 훌륭한 소파 겸 침대까지 완성되었다. 작고 예쁜 화분도 하나 만들어 오리배의 운전석 옆자리에 두었다. 화분에는 유봄이 야산에서 조심스레 옮겨 심은 이름 모를 나무가 한 그루 있었다. 유봄은 그 나무에 '봄순이'라는 이름을 지어줬다. 지난 봄, 가지마다 파릇파릇 돋아난 새순을 보고 지은 이름이었다. 이름을 지어주자 봄순이에 대한 책임감이 생겼다.

'봄순이는 내가 화분에 옮겨 심었으니 내가 지켜줘야 해.'

그렇게 봄순이가 시들지 않도록 지켜주며 유봄도 덩달아 생존 의지를 다졌다. 페트병에 받은 빗물도 봄순이와 나눠

마셨고 맑은 날이면 오리배 위로 함께 올라가 따사로운 햇볕을 즐기기도 했다. 폭풍우가 몰아치던 밤에도 봄순이와 함께였다. 거친 파도에 화분이 행여나 바다로 떨어질까 품에 꼭 안고서 오리배가 뒤집히지 않도록 균형을 잡으며 밤을 지새웠다. 봄순이에 대한 책임감이 유봄을 살게 했다.

하지만 그 모든 애정과 추억도 지독한 가뭄 앞에서는 아무런 소용이 없었다. 봄순이에게 도저히 양보할 수 없었던 마지막 물 한 모금까지 다 마시고 나니 봄순이는 눈에 띄게 시들어 갔다. 처음에는 푸르고 생생한 이파리를 자랑하던 봄순이도 이제는 유봄과 함께 말라 죽어가고 있었다. 유봄은 노랗게 변해서 하나씩 떨어져 가는 봄순이의 잎을 보며 오 헨리의 '마지막 잎새' 이야기를 생각했다.

'저 잎이 다 떨어지면 나도 죽는 건가.'

하지만 아쉽게도 유봄에게는 마지막 잎새를 멋지게 그려 줄 화가가 없었다. 간간이 식량을 구하던 폐건물과 언덕들마저 모두 새로운 부동산 세력과 산적들이 장악해 버렸고, 그들 중 누구도 한정된 식량을 유봄과 나누고 싶어 하지 않았다. 비굴하게 구걸도 해보고 밤 중에 몰래 숨어들어 보기도 했지만 몇 번이나 도망치듯 쫓겨난 끝에 기어코 물과 식량이 다 떨어졌다. 급기야 오늘 아침에는 텀블러로 바닷물을 떠 마실 정도로 유봄은 육체적으로도 정신적으로도 위태로운 상태였다. 결국 위험을 감수해야만 하는 상황이 닥쳐버렸다.

'모험을 할 수밖에 없어.'

유봄은 멀리서도 또렷이 보이는 거대하고 위압적인 부동산을 바라보았다. 여전히 서울 시내의 다른 모든 고층 건물을 압도하는 잠실의 롯데월드타워였다. 그 앞에서 작은 점처럼 보이는 검은 오리 한 마리가 어서 오라고 손짓하듯 유봄을 향해 날개를 퍼덕이고 있었다.

'검은 오리?'

유봄은 드디어 자신이 미쳐서 헛것을 보고 있는 건 아닌지 의심했다. 아니면 혹시 저것이 그 말로만 듣던 저승사자라는 존재인가? 유봄이 오리배를 타고 있어서 사람의 형상 대신 오리를 보내신 걸까?

'그럴 리가 없잖아!'

유봄은 두 눈을 힘껏 비비고 나서 다시 오리를 쳐다보았다. 자세히 보니 오리 모양의 형체는 조금씩 커지면서 이곳을 향해 다가오고 있었다. 거리가 좀 더 가까워지자 비로소 오리처럼 보였던 물체의 정체가 드러났다. 그건 작은 카누 보트였다. 기껏해야 1~2인승 정도로 보이는 그 보트에 사람이 하나 타고 있었다. 밀짚모자를 쓴 채 양손으로 노를 젓고 있는 모습이 멀리서 볼 때 오리가 날개를 퍼덕이고 있는 것처럼 보였던 것이다.

노마드일까? 주변에 아무도 없이 혼자서 오고 있는 것으로 봐서 유봄과 비슷한 신세의 노마드처럼 보이기는 했다. 하지만 긴장을 늦출 수는 없었다. 세상은 하루가 다르게 흉흉해지고 있었다. 마침내 교차점이 다가오자, 그쪽도 여기를 경계하는 것처럼 속도를 서서히 늦추며 거리를 유지하려는 모습을 보였다. 오히려 그 모습이 유봄을 안심하게 했다. 호기심과 경계심 사이의 어딘가에서 배회하는 전형적인 노마드의 태도였다. 그 사람이 카누에서 노를 들더니 롯데월드타워 방향을 가리켰다.

"저기에 가려고?"

당돌한 톤의 여자 목소리가 들려 깜짝 놀랐다. 밀짚모자가 고개를 돌려 이쪽을 향하자 그 아래에는 30대 중반 정도로 보이는 까무잡잡한 여성의 얼굴이 있었다. 헐렁한 티셔츠 아래로 여름 햇볕에 그을린 구릿빛 피부가 빛났다. 노마드 중에 여성을 마주친 것은 처음이라 내심 반가웠지만 내색하지는 않았다. 유봄은 고개를 끄덕였다.

"글쎄. 나라면 별로 추천하지는 않겠는데?"

"왜요?"

"저기에는 군대가, 아니 정확히는 과거 대한민국 군인이었던 세력이 장악하고 있거든. 다른 곳이랑 무장의 수준 자체가 달라."

"가보셨어요?"

"아니, 근처까지 갔다가 다짜고짜 총을 쏘길래 도망쳐 오는 길이야. 그리고 어차피 난 강북 체질이거든."

한강이 온통 바다가 되었는데도 여전히 '강북(江北)'이라고 부를 수 있을까? 정말 오랜만에 경험하는 친근한 대화에 힘입어 유봄은 용기를 내보았다.

"저기, 혹시 물 한 모금만 얻을 수 있을까요?"

떠날 채비를 하던 여성이 잠깐 유봄의 얼굴을 빤히 쳐다보았다. 역시 너무 무리한 요청이었나? 하지만 죽을 것 같다고요. 유봄의 표정 변화를 지켜보던 여성이 무심하게 물었다.

"넌 뭘 줄 수 있는데?"

느닷없는 물물교환 분위기에 당황한 유봄이 황급히 가방을 뒤지다가 손에 잡힌 선크림을 내밀어 보였다. 스스로도 황당했지만 사실 유봄이 지금 가진 물건 중에 생존에 큰 도움이 되거나 교환가치가 있는 물건은 없었다.

"이거라도 드릴까요?"

"던져 봐."

유봄은 선크림을 던져 카누로 전달했다. 선크림을 받아 든 여성은 깔깔거리며 웃더니,

"그래. 내가 좀 많이 타긴 탔지?"

하며 투명한 페트병을 하나 꺼내 오리배로 던졌다. 페트병에는 물이 한가득 들어 있었다. 유봄은 깜짝 놀라 벌떡 일어서서 온몸으로 감사를 표했다. 어찌나 격렬하게 허리를 숙였던지 오리배가 좌우로 휘청거렸다.

"감사합니다. 정말 감사합니다."

"오래오래 살아남아. 그럼 난 이만 간다."

여성은 손사래를 치고는 입가에 미소를 띤 채로 다시 노를 저었다. 카누가 멀어지기 시작했다. 서로에게 깊이 개입하지는 않지만 그렇다고 상대의 절박함을 외면하지도 않는, 더도 덜도 없는 노마드의 삶.

'이름이라도 물어볼 걸 그랬나?'

아쉬움에 문득 뒤를 돌아보았지만, 여성은 이미 어디로 갔는지 사라지고 없었다.

'엄청 빠르시네. 역시 사람은 물을 잘 마셔야 해.'

유봄은 페트병을 열어 물을 마셨다. 그야말로 생명수가 따로 없었다. 인체의 75%가 물이라는데 그동안 그 물이 없었으니 얼마나 불완전한 존재로 살아왔던 것인가. 마침내 공급된 물에 나머지 25%의 인체 구성 물질들이 열렬히 환호하는 것을 느낄 수 있었다. 마음 같아서는 벌컥벌컥 마시고 싶었지만 당분간 비가 올 것 같지는 않았기에 한 모금에 만족했다. 그래도 급한 갈증이 해소되니 한결 머리가 맑아지고 심리가 안정되었다. 늦었지만 봄순이에게도 한 모금을 양보했다.

"너도 목말랐지?"

유봄은 이제 다시 롯데월드타워를 바라보았다. 저곳에 군인들이 있다고? 무섭기는 했지만 유봄은 오히려 그 말에 희망 한 조각을 걸어보기로 했다. 군인들이 결코 선량한 시민들의 편이 아니라는 사실은 이미 아차산에서 라디오를 통해 확인했었다. 그래도 한 나라의 군대였던 사람들이다. 오직 살아남겠다는 본능밖에 남지 않은 해적이나 산적들을 상대하는 것보다는 말이 통하지 않을까? 그리고 이대로라면 어차피 유봄이 살아남을 가능성은 희박했다. 딱 페트병 하나만큼 지연된 죽음. 그뿐이었다. 바뀐 건 없었다.

그렇다면 죽더라도 모험을 하다 죽는 편이 나았다. 결심이 선 유봄은 다시 페달을 밟기 시작했다.

*

어느덧 해가 서쪽으로 천천히 떨어지기 시작했다. 한여름의 길고도 따가운 햇살이 물결에 부딪히며 찬란하게 반사되고 있었다. 유봄은 두 시간 정도를 꼬박 달려 늦은 오후가 되어서야 과거 한강이라 불리던 깊은 해역을 건널 수 있었다.

바다 아래 완전히 잠긴 오래된 아파트들과 수면 위에 고층부를 노출하고 있는 새로 지은 아파트들 사이를 지나며 유봄은 마침내 자신이 잠실에 접어들었음을 실감할 수 있었다.

이상하리만치 주변이 고요했다. 삐걱대는 오리배의 페달소리가 유난히 귀에 거슬렸다. 경험상 고층 건물들이 밀집된 곳에는 대개 무장한 세력들이 자신의 영역을 지키고 있었기 때문에 잠시도 긴장을 늦출 수가 없었다. 유봄은 오리배의 방향을 언제라도 전환할 수 있도록 조종간을 꼭 붙잡았다. 분명 저 건물 어딘가에서 유봄을 주시하고 있는 사람들이 있을 것이다.

그때 물속에서 무언가 검은 물체가 오리배 아래를 쓱 하고 지나갔다.

'잠수부인가?'

처음에 유봄은 그렇게 생각했다. 부동산 세력 중 일부는 잠수장비를 활용해 물에 잠긴 도시에서 필요한 도구나 자원을 건져내고 있다고 들었다. 그들은 그것을 '채굴'이라 불렀다. 따지고 보면 과거의 인류가 남겨놓은 해저자원인 셈이었다. 특히 인구가 밀집되어 있던 서울 도심은 그야말로 자원의 보고였다.

하지만 아무리 어마어마한 자원을 캐낸다 한들 인류는 확실히 멸망의 길을 걷고 있었다. 살아남은 인류 중 가장 부유하고 강력한 집단조차 농사를 짓지도 공장을 짓지도 못했다. 고작 과거에 만들어 놓은 자원을 '채굴'하며 소모하는 것만이 그들이 할 수 있는 전부였다. 과거를 파서 현재를 연명할 뿐 미래는 없었다. 언젠가는 지구상의 모든 자원이 다 떨어지는 날이 반드시 오고야 말 것이었다.

유봄은 페달을 멈추고 한동안 물 아래를 주시했다. 잠시 후 유봄은 전혀 예상치 못한 놀라운 광경을 목격했다. 그건 바로 물고기 떼였다. 어림잡아 수백 마리는 되어 보이는 한 무리의 물고기들이 오리배 아래를 헤엄쳐 지나가고 있었다. 유봄은 눈을 비볐다.

'내가 지금 뭘 본 거지? 서울 시내의 물고기들이 다 잠실로 몰려왔나?'

강북에서는 보지 못했던 어마어마한 규모의 물고기 떼들이 여기에 있었다. 그것도 한두 무리가 아니었다. 위에서 아래로 가로지르는 물고기 떼를 눈으로 좇고 있노라면 좌에서 우로 또 다른 물고기 떼가 지나갔다. 바다에서 살아가는 노마드 중에는 어로 생활을 생업으로 삼고 있는 이들도 제법 많이 있었다. 아니, 정확하게는 낚시를 할 수 있는 도구 비슷한 것만 가지고 있어도 너도나도 어부를 자처하고 있었다. 그만큼 바다 행성이 된 지구에서 물고기는 훌륭한 식량 자원이자 중요한 단백질 공급원 역할을 했다. 그들에게 이렇게

풍요로운 낚시 포인트가 있다는 사실을 누군가 알려주기만 한다면 지금 보이는 저 물고기 떼들처럼 다들 정신없이 이곳으로 몰려올 것이다.

심지어 수면 가까이 헤엄치는 물고기들은 손으로도 잡을 수 있을 것 같았다. 잡아두면 구워 먹든 삶아 먹든 날것으로 회를 쳐 먹든 어떻게든 먹을 수 있을 거였다. 일주일간 굶주린 인간이 못 먹을 게 어디 있으랴. 유봄은 정신없이 오리배 뒷좌석의 수집품들을 뒤져 잠자리채를 꺼냈다. 그러고는 이곳이 적진 한가운데일 수도 있다는 사실마저 잠시 망각한 채 고기잡이에 집중했다.

일렁이는 파도 속에 슬그머니 잠자리채를 반쯤 넣고 기회를 기다렸다. 물고기 떼가 바람에 휘날리는 나뭇잎처럼 살랑거리더니 이쪽으로 몰려오는 게 보였다. 타이밍을 계산했다. 셋, 둘, 하나. 유봄은 최대한의 집중력을 발휘해 물속으로 잠자리채를 힘차게 밀어 넣었다. 놀랍게도 잠자리채 한가득 물고기들이 잡혔다. 혹시 어부에 소질이 있었던 걸까?

"잡았다!"

유봄이 기쁨의 소리를 지른 것도 잠시, 시커멓고 커다란 무언가가 아래에서 올라와 유봄이 잡은 물고기를 잠자리채와 함께 통째로 휙 낚아챘다. 그 충격에 유봄의 몸도 균형을 잃고서 휘청거렸다. 어어어, 하며 손을 뻗어 오리배의 창틀을 붙잡아 보려 했지만, 머리로는 이미 늦었다는 걸 알 수 있었다. 숨을 참으며 물에 빠지는 것에 대비하던 찰나의 순간 유봄의 잠자리채를 낚아챈 그것과 눈이 마주쳤다. 무려 상어였다. 아직 지구에 인류가 탄생하기 전, 고생대부터 바다를 지배하던 살아있는 화석.

그리고 풍덩! 그간 수도 없이 바닷물에 들어갔지만 이렇게 오싹한 적은 처음이었다. 물에 빠진 유봄은 이곳 잠실에 원래 아쿠아리움이 있었다는 사실을 떠올릴 수 있었다. 그러고 보니 여기서 그리 멀지 않은 코엑스에도 아쿠아리움이 있었다. 그게 강남 물고기 떼의 비밀이었군!

아까 물 아래를 지나간 검은 물체도 상어였을 것이다. 물론 식인 상어일 리는 없었다. 그래야만 했다. 어쨌든 유봄은 대한민국 아쿠아리움에 백상아리가 있다는 얘기는 들어보지 못했으니까. 하지만 아마도 그동안 바다를 떠다녔던 무수한 시체들의 맛을 봤을 상어가 유감스럽게도 자신의 새로운 식사 취향을 깨닫고 유봄을 공격하지 않으리라는 보장도 없었다.

얼른 물 밖으로 올라가고 싶었다. 하지만 의지와 달리 몸이 당황했는지 허우적허우적 발길질만 해댔다. 어릴 적 봤던 해양생물 도감에서 상어와 마주치면 첨벙대지 말라는 경고를 했던 게 생각났지만, 자꾸만 몸이 물속으로 가라앉아 본

능적으로 첨벙댈 수밖에 없었다. 물고기들이 바쁘게 몸을 스치고 지나가는 것이 느껴졌다. 그제야 깨달았다. 물고기들도 상어를 피해 달아나느라 무척이나 다급했던 거였다.

아쿠아리움의 두꺼운 유리 벽 바깥에서 구경하던 상어는 그저 신기하기만 했지만, 그 유리 벽 안쪽에 던져진 먹이의 입장이 된 지금의 유봄에게는 그런 한가한 감정을 느낄 여유가 없었다. 가까스로 마음을 다잡은 유봄은 숨을 한 번 크게 삼킨 후 팔을 서너 번 저어 단번에 오리배의 몸체를 붙잡았다.

됐다! 이제 상체를 끌어당겨 다시 오리배 위로 올라가기만 하면 되건만 아까 놓친 잠자리채가 물 위에 둥둥 떠다니고 있는 게 눈에 밟혔다. 그물망 안쪽에는 아직도 탈출하지 못한 물고기 몇 마리가 버둥거리고 있었다. 잠깐의 망설임, 하지만 손을 조금만 뻗으면 닿을 것 같은 거리였다. 그럼 잡아야지! 작심하고 손을 내미는 그때 잠자리채 뒤로 검고 뾰족한 지느러미가 불쑥 솟아올랐다. 누가 봐도 상어 지느러미. 그 지느러미가 영화처럼 유봄을 향해 고속으로 돌진해 왔다. 기겁한 유봄은 오리배 위로 몸을 던졌다. 하지만 유봄의 발가락을 상어가 스치며 지나갔다. 칼날에 베인 것 같은 불쾌한 느낌. 눈살을 찌푸리며 발가락을 보니 날카로운 상처에서 새빨간 피가 배어 나왔다.

지금 설마 발가락이 날아갈 뻔한 거야? 아니지. 발가락만 날아가면 차라리 다행일 정도로 위험한 상황이었다. 평소에도 함부로 수영조차 못할 곳이었다. 거듭되는 상어의 습격에 산산이 흩어지는 물고기들을 보며 유봄은 심장이 쫄깃쫄깃해진다는 게 무슨 말인지 실감할 수 있었다.

유봄은 오리배 위에서 좌우를 살피며 잠자리채의 위치를 찾았다. 멀리 흘러가지는 않았다. 또다시 손을 뻗으면 닿을 수도 있는 거리였다. 상어가 무서웠지만 잠자리채는 소중했다. 지금 잃어버리면 아마 다시는 이 세상 어디에서도 구하지 못할 가능성이 높았다. 영원히.

오리배를 몰아 잠자리채 부근까지 이동한 뒤 다리를 오리배 창틀에 반쯤 걸친 채 몸을 잽싸게 내밀어 낚아챘다. 성공이었다! 내친김에 물고기까지 건져 올릴 생각으로 손목을 비틀어 힘을 가하던 순간이었다. 이번에도 어김없이 상어가 나타나 유봄의 잠자리채를 난폭하게 물어뜯었다. 이쯤 되면 대체 아쿠아리움에서 무슨 훈련이라도 시킨 건 아닌지 의심이 될 정도였다. 혹시 평소 이런 뜰채로 먹이를 줬던 걸까?

하지만 이번에는 유봄도 잠자리채를 놓치지 않았다. 급기야 상어는 잠자리채를 물고 유봄과 오리배를 끌고 가려 하기 시작했다. 이렇게 상어와 유봄의 말도 안 되는 사투가 시작됐다. 유봄도 이제는 오기가 생기기 시작했다.

파멸할 순 있어도 패배할 순 없어! 유봄은 소설 '노인과 바다'의 노인이 된 심정으로 상어와 사투를 벌였다. 언젠가 엄마가 자기 고향에서는 제사 음식으로 상어 고기를 올렸다고 말했던 기억이 떠올랐다. 심지어 엄마의 고향은 경상도에서도 내륙 지방이었는데 대관절 육지에서 상어 고기를 먹는 전통이 웬 말이냐며 함께 깔깔 웃었던 기억이 났다. 오냐, 오늘 엄마 고향 식으로 상어 고기 한 번 먹어보자!

이미 잠자리채의 그물은 상어 이빨에 난도질 당해 건져 올린다고 해도 낚시용으로 쓰기는 힘들어 보였다. 그러니까 상어에 맞서는 건 순전히 자존심의 문제였다. 유봄은 잠자리채의 막대기 부분으로 상어를 콱 찔렀다. 상어는 그물에 이빨이 엉겼는지 쉽사리 빠져나가지 못하고 머리를 좌우로 버둥거리고 있었다. 유봄은 오리배의 난간을 지렛대 삼아 온몸의 몸무게를 실으며 상어의 힘을 버텨냈다.

"내가 뜻하지 않게 다이어트를 하는 바람에! 예전 몸무게였으면 넌 벌써 죽었어!"

이를 악물고 아무 소리나 입에서 나오는 대로 내지르며 버티던 중 갑자기 뚝, 하고 잠자리채가 부러지며 유봄의 몸도 내동댕이쳐졌다. 유봄이 벌떡 일어나 바다를 살폈지만 이미 상어는 어디론가 사라지고 없었다. 부러져서 자루만 남은 잠자리채를 허망하게 바라보며 유봄은 자리에 주저앉았다. 배에서 꼬르륵 소리가 유난히 더 크게 들리는 것 같았다. 내일은 또 내일의 태양이 뜨겠지만 어쩌면 내일이 오기 전 이대로 굶어 죽을지도 모른다는 생각이 들었다. 엉엉 울고 싶어졌다.

*

두다다다다. 그때 정말 오랜만에 듣는 인공적인 엔진 소리가 푸른 바다의 정적을 가르며 난폭하게 울려 퍼졌다. 저 멀리서 동력 보트 하나가 매캐한 온실가스를 내뿜으며 무서운 속도로 유봄의 오리배를 향해 다가오고 있었다. 화석연료로 움직이는 물체를 본 게 얼마 만일까? 보트의 맹렬한 질주가 일으킨 파도가 거세게 밀려들자, 오리배는 가랑잎처럼 위태롭게 팔랑거렸다.

동력 보트는 마치 급브레이크라도 잡는 것처럼 90도로 깔끔하게 급선회하더니 유봄과 약 10미터 정도의 거리를 두고 멈춰 섰다. 물 위에서 저런 움직임이 가능하다니! 유봄이 순수하게 감탄하며 얼빠진 표정으로 쳐다보고 있을 때 확성기로 말하는 소리가 들렸다.

"손 들어. 움직이면 쏜다!"

보트 위에 탄 이들은 군복을 입고 있었다. 검은 총구가 이쪽을 향하고 있는 게 보였다. 잠실 쪽은 군대가 장악하고 있다는 그 노마드의 얘기가 진짜였구나.

유봄은 순순히 두 손을 들었다. 상어가 사라진 자리에 잠자리채의 그물이 떠올라 물결을 따라 떠내려가고 있는 게 눈에 밟혔지만 지금 그걸 잡으려는 행동을 보이는 건 위험할 것 같았다. 괜한 오해를 사서 총 맞을 행동은 안 하는 편이 좋았다.

날은 더웠고 햇살은 뜨거웠다. 조금 전까지 몸을 담그고 있었던 파도는 눈부셨고 갈매기들은 하늘을 선회하고 있었다. 그래서인지 문득 근거 없는 태평한 의문이 유봄의 머리에 떠올랐다. 저 총에 진짜 총알이 들어 있긴 한 걸까? 분명 생명의 위협을 받고 있었지만, 난생처음 본 총기는 전혀 실감이 나지 않았다. 게다가 이 날씨에 총이라니! 어쩐지 어울리지 않는 조합 같았다. 아마 어린아이들이 총을 본다면 이런 심정이지 않을까? 하지만 자신의 목숨을 담보로 총알이 총구에서 나오는지 아닌지를 테스트할 정도로 이성을 잃진 않았다. 유봄은 조심스러운 말투로 사정을 설명했다.

"너무 배가 고파서 여기까지 왔어요. 먹을 것만 좀 나눠주시면 안 될까요?"

그러자 군인들은 자기들끼리 무슨 말을 짧게 나눴다. 무슨 말인지 들어보려 애썼지만 엔진 소음 때문에 하나도 들리지 않았다.

잠시 후 보트가 아까보다 한결 작아진 모터 소리를 내며 서서히 다가왔다. 유봄은 여전히 두 손을 든 채 눈으로 그들을 살폈다. 군인들은 보트를 조종하는 사람까지 합쳐 모두 세 명이었다. 보트가 오리배에 통 하고 가볍게 부딪히자 그중 한 사람이 길쭉한 총기 끝으로 유봄의 젖은 몸을 쿡 찌르며 명령했다.

"뒤로 돌아!"

찔린 곳이 아팠다. 하지만 총을 든 채 뒤로 돌라면 돌 수밖에. 유봄이 천천히 뒤로 돌자, 군인 하나가 오리배로 건너와 손으로 몸을 더듬으며 몸수색 비슷한 것을 했다. 머리에서 어깨, 어깨에서 허리, 또 허리에서 무릎까지. 티셔츠에 반바지 차림인데 무슨 수색을 이렇게까지 오래 하는 건지, 혹시 수색을 빙자한 다른 목적이 있는 건 아닌지 슬슬 헷갈리기 시작할 무렵 그는 오리배 뒷좌석으로 넘어가 물건들을 뒤적였다. 유봄은 몹시 모욕적이고 불쾌했지만 내색하진 않았다. 적어도 지금, 이 공간에서는 저들이 최상위 포식자인 상어 같은 존재였다.

"중대장님, 별다른 이상은 없습니다. 어떻게 할까요?"

중대장이라 불린 사람은 까무잡잡한 얼굴에 어울리지도 않는 선글라스를 끼고 있었다. 알이 크고 검은 보잉 선글라스였다. 하지만 그 촌스러운 선글라스로 인해 한눈에 그가 여기서 제일 높은 사람인 것을 알 수 있었다. 언제나 눈빛을 들키는 사람이 약자였다. 중대장이 까딱 손짓하자 유봄을 수색했던 군인이 보트로 돌아갔고 다시 보트는 오리배에서 조금 멀어졌다. 그들은 유봄과 떨어진 곳에서 이쪽을 힐끔거리며 무언가 의논을 하는 듯했다.

유봄은 절박했지만, 냉정을 잃지 않으려 노력했다. 지금의 지구는 한정된 자원을 누가 먼저 소비하느냐로 다투는 곳이다. 이곳에 접근하는 시민을 쉽게 포용하고 자원을 나눠줄 선량한 군대였다면 이미 주변 사람들을 구출하고도 남았어야 했다. 그러지 않았다는 것은 저들이 압도적 무력을 소유하고 있다는 점을 이용해 자신들만 살아남기로 했다는 뜻으로 보는 게 합리적이었다. 유봄은 지금부터 닥칠 상황이 어떤 것이든 긴장을 늦추지 않고 대비해야만 했다.

잠시 후 보트가 다시 다가와 일방적인 결론을 전달했다.

"인양하겠습니다."

유봄은 속으로 작은 안도의 한숨을 내쉬었다. 일단 공격을 당하거나 쫓겨나지는 않았다. 군인들은 유봄의 대답은 기다리지도 않고 오리배의 머리 쪽에 밧줄을 묶어 그들의 보트와 연결하기 시작했다. 유봄은 그들을 도와야 하나 잠시 망설였지만, 아직 정식으로 인양에 동의한 것도 아니었기에 오리배에 앉아 잠자코 지켜보기로 했다. 어차피 그들에게 유봄의 의사는 별 고려 대상이 아닌 것 같았다.

군인들은 무척 능숙하게 매듭을 묶었다. 한두 번 해본 솜씨가 아니었다. 그들은 단단한 매듭을 확인한 후 보트를 출발시켰다. 느슨한 밧줄이 수면 위로 떠오르며 팽팽해지더니 유봄이 탄 오리배가 동력 보트에 끌려가기 시작했다. 이윽고 모터 소리가 거세지면서 속도도 빨라졌다. 오리배는 파도에 통통 튕기며 롯데월드타워를 향해 질주했다. 지금 이 순간만큼은 마치 휴양지의 해변에서 바나나 보트라도 탄 것 같았다. 물론 타본 적은 없지만. 모처럼 여름 바람이 상쾌했다.

*

하늘을 찌를 것처럼 바다 위에 우뚝 솟은 뾰족한 건축물. 롯데월드타워가 점점 눈앞으로 다가오고 있었다. 통유리로 된 타워 표면에는 노을이 반사되어 붉게 타오르고 있었다. 가까이 다가갈수록 압도적인 위용이 느껴졌다. 오리배 안에서는 건물의 온전한 모습을 볼 수 없었기에 유봄은 고개를 창밖으로 내밀었다. 그러고도 목이 아프도록 고개를 뒤로 한껏 젖혀야만 그 꼭대기에 시선이 닿을 수 있었다. 해수면이 상승하기 전의 인류가 창조한 위대한 건축물. 서울에서, 아니 대한민국에서 가장 높은 부동산이었다.

마침내 보트가 타워 입구에 도착했다. 그들이 도착한 곳이 몇 층인지는 알 수 없었지만 타워 내부로 배가 진입할 수 있도록 해수면에 맞닿은 층의 외벽 유리창이 부서져 있었다. 군인들이 의도적으로 부순 것 같았다. 드러난 철골 사이에 제멋대로 깨진 유리창이 삐죽삐죽 날카롭게 돋아나 있는 모습이 상어 이빨처럼 보였다. 유봄을 인양하는 동력 보트가 속도를 늦추며 먼저 안으로 진입하자 오리배도 천천히 깨진 유리창 사이로 통과했다. 유봄은 머리 위에서 붉게 빛나는 깨진 유리 조각들을 바라보며 솔직한 감상을 내뱉었다.

"상어 아가리 속으로 들어가는 것 같네."

부서진 유리창을 지나 건물 내부로 진입하는 순간 유봄은 자신도 모르게 감탄사를 내뱉고 말았다. 타워 안에는 마치 항구처럼 수많은 배들이 늘어서 있었다. 돛단배에서 고무보트까지 가지각색의 배들이 빌딩 내부에 가지런히 정박하고 있는 놀라운 풍경은 동화 속 한 장면 같았다. 개중 하나의 배에서는 잠수복을 입고 물 아래로 뛰어드는 군인들도 있었다. 타워 아래층에서 쓸만한 물건들을 건져 올리기 위함일 것이다.

유봄은 마치 호그와트에 처음 들어간 해리 포터처럼 눈을 동그랗게 뜨고 주위를 두리번거렸다. 위층에서 깃발을 들고 수신호를 하는 군인의 지시에 따라 유봄을 인양하는 보트도 구석 자리로 인도되었다. 배가 땅에 닿자 군인들은 먼저 자신들의 보트를 부두 가장자리에 위치한 기둥에 묶어 놓은 뒤 유봄의 오리배를 바로 옆에 밧줄로 묶어 고정했다.

"내리시죠."

군인들이 지시하자 유봄은 그제야 정신을 차리고 가방을 멨다. 봄순이를 심은 화분도 챙겨서 품에 꼭 안았다. 이곳엔 틀림없이 물이 있었다. 자신과 봄순이가 마실 수 있는 물이.

오리배에서 내려 그들을 따라 네댓 층의 계단을 올라가자, 회의실처럼 생긴 방이 여러 개 모여 있는 공간이 나왔다. 유봄은 복도를 걸어 가장 안쪽에 있는 꽤 널찍한 방으로 안내되었다. 안내라고는 하지만 여전히 등 뒤에서는 총을 겨누고 있었기에 그리 친절한 안내라고는 볼 수 없었다. 방 안에는 길쭉한 검은 소파가 낮은 테이블을 사이에 두고 놓여 있었다. 군인들은 간단한 총구의 움직임만으로 유봄을 소파에 앉혔다. 방문이 닫히자, 선글라스를 낀 중대장이 유봄의 맞은편에 털썩 걸터앉았다. 그리고 무언가를 툭 하고 유봄의 앞으로 던졌다.

"드시죠."

놀랍게도 그가 던져준 것은 봉지라면이었다. 여기서는 이런 것도 구할 수 있는 건가. 유봄은 잠시 후 자신이 어안이

벙벙한 표정을 짓고 있다는 것을 깨닫고 정신을 차린 뒤 말했다.

"감사합니다."

망설일 필요가 없었다. 유봄이 해양 유목민 생활을 하며 깨달은 바가 있는데, 모름지기 유목민이라면 기회가 있을 때 무조건 먹어야 한다. 다음에 먹을 날이 언제 올지 모르기 때문이다. 그것이 바로 노마드의 삶이다. 유봄은 공격적으로 봉지를 뜯고 수프를 뿌린 뒤 마구 부숴서 입에 집어넣었다. 해일이 덮쳐온 그날 이후 처음으로 느껴보는 인공적인 조미료의 맛에 감동해 눈물이 날 것 같았다. 어쩌면 이미 흘리고 있는지도 몰랐다. 그만큼 정신없이 먹었다. 중대장은 유봄이 마지막 가루까지 남기지 않고 입에 털어 넣는 걸 보더니 피식 웃었다.

"다 먹었으면 저기 욕실에서 간단히 씻고 나오시면 됩니다. 수건과 옷도 준비되어 있으니 원하는 걸로 입으시고."

여기는 천국인가. 다시 한번 감사합니다, 꾸벅 인사를 하고 욕실로 들어갔다. 과연 세면대에 하얀 수건과 옷가지가 놓여 있었다. 수도꼭지 옆에는 간이 샤워기도 달려 있었다. 아무리 롯데월드타워라지만 이게 말이 되나? 유봄은 긴장된 마음으로 수전을 천천히 돌렸다. 샤워기에서 투명한 물이 나왔다. 비록 찬물밖에 안 나오고 수압이 무척 약했지만 그건 분명 물이었다. 그것도 바닷물이 아닌 민물. 아마 건물에 빗물을 받는 물탱크가 있는 듯했다. 그렇지 않고서야 지금까지 수도에서 물이 나올 리 없었다.

깨끗한 물이 샤워기에서 나오다니! 그 사실만으로도 잃어버린 인권을 마침내 되찾은 기분이었다. 유봄은 물을 끄고 잠시 두 손을 모아 감사하는 시간을 가졌다. 아무리 그래도 이 가뭄에 물을 낭비하는 건 예의가 아니었다. 유봄은 온몸을 가볍게 씻고 봄순이에게도 딱 화분이 흠뻑 젖을 만큼만 물을 적셔주었다.

잠깐 마음이 느슨해졌던 유봄이 다시 긴장하기 시작한 건 씻고 나서 갈아입을 옷을 보면서부터였다. 아까는 슬쩍 들춰보기만 해서 몰랐는데 준비된 옷은 모두 하늘하늘한 원피스 같은 것뿐이었다. 물론 군인들이 구할 수 있었던 여성 의류가 이것밖에 없었을 수도 있겠지만 요즘 같은 인류 멸망의 시대에 입고 다닐 만한 옷은 절대 아니었다. 차라리 원래 입었던 옷을 입어야 하나. 젖은 옷을 입는 건 이제 익숙했다. 그다지 기분 좋은 일은 아니었지만. 하지만 그래서는 군인들의 호의를 무시한 것처럼 보일 수도 있었다.

유봄은 잠시 고민하다가 몇 가지 대비를 하기로 했다. 저들이 악당일 때와 아닐 때 모두를 대비해야 했다. 먼저 새하얀 원피스를 입은 뒤 무기가 될 만한 물건을 찾았다. 와중에 원피스 천의 감촉이 부드럽고 뽀송뽀송해서 기분이 좋았다. 아직 떨어지지 않은 쇼핑몰 태그가 목뒤에서 찰랑거렸다. 새 제품이었다. 얼마 전까지 이곳 타워 쇼핑몰에서 팔던 물건이 었을 것이다. 지난 몇 달간 유봄이 겪어온 현실과는 너무나 동떨어진 평온함이 그 원피스에 남아 있었다.

하지만 그 촉감을 즐길 새도 없이 유봄의 눈은 이미 날카롭게 주변을 살피고 있었다. 욕실에는 그 흔한 청소도구조차 없었다. 고민하던 찰나 천장의 전등이 눈에 들어왔다. 해일 이후 전기가 없어 불이 들어오지 않았을 테니 일부러 저걸 건드린 사람도 없을 것 같았다. 유봄은 세면대를 밟고 올라가 천장에 달린 전등갓을 조용히 열었다. 다행히 길쭉한 모양의 형광등을 쓰고 있었다. 기대했던 모습 그대로였다. 유봄은 형광등 하나를 분리해서 가지고 내려왔다. 그리고 원래 입고 있던 티셔츠와 바지를 물에 빨아서 힘껏 짠 뒤 옷가지 속에 형광등을 숨겼다. 소지품이 들어있는 가방은 어깨에 멨다. 마지막으로 남은 한 손에는 봄순이를 들었다.

어차피 총기에 정면으로 대적할 수는 없었다. 유사시 단 한 번의 기회를 열어줄 정도의 물건이 필요했다. 유봄은 크게 심호흡하고 문 앞에 섰다. 긴장된 표정을 얼굴에서 지운 뒤 천천히 문을 열었다. 천국인지 지옥인지 어디 한번 확인해 보자.

방 안에는 아까 봤던 군인 세 사람 외에 모르는 군인 둘이 더 들어와 있었다. 모두 다섯 사람, 도합 열 개의 시선이 자신에게 꽂히는 것이 느껴졌다. 아까와는 사뭇 달라진 분위기에 잠시 얼어붙었다. 형광등을 쥔 주먹에 절로 힘이 들어갔다. 감사하다는 말을 다시 해야 하나 고민하던 찰나, 어두운 실내에서도 여전히 선글라스를 끼고 있는 중대장이 낮은 목소리로 입을 열었다. 느닷없이 반말이었다.

"씻고 나니 더 예쁘네."

그 순간 유봄은 머리끝까지 소름이 쫙 돋았다. 내가 지옥문을 열었구나. 유봄의 불길한 예감은 불행히도 틀리지 않은 모양이었다. 이것들은 인간이 아닌 짐승들이었군.

"밥도 주고, 옷도 주고. 설마 공짜라고 생각한 건 아니겠지?"

그런 말을 할 거라면 애초에 가격표라도 붙여놓던가. 마음속으로 쏘아붙인 뒤 유봄은 중대장을 정면으로 노려봤다. 이럴 때일수록 선글라스 뒤의 시선을 피하면 안 되는 법이다.

"살아 있는 젊은 여자가 드물거든. 보다시피 살아 있는 젊은 남자는 많은데."

중대장이 변명하듯 말했다. 물론 전혀 변명이 되지 않았다. 유봄은 자신의 소지품 중 이 시대에 가장 쓸모가 없을 거로 생각했던 지갑을 꺼냈다.

"제가 먹은 라면값이 얼마죠?"

대답이 없자 유봄은 지갑에서 지폐와 교통카드, 체크카드를 꺼내 중대장을 향해 차례로 던졌다. 그러고는 동전 주머니를 연 채로 지갑을 거꾸로 들어 탈탈 털었다. 쨍그랑. 금속음과 함께 동전들이 바닥에 흩뿌려졌다. 뒤에 서 있던 군인들이 황당하다는 듯 입꼬리를 비틀며 웃었다. 하지만 그 모든 퍼포먼스를 지켜보면서도 중대장은 미동조차 없었다. 이윽고 중대장이 낮은 목소리로 입을 열었다.

"처음 해일이 왔을 때 헬리콥터를 타고 CEO라는 인간이 하나 우리를 찾아왔거든? 뉴스에서도 종종 이름이 나오던 누구나 알 만한 재벌이었어. 그 사람이 돈이라면 얼마든지 줄 테니 자기를 좀 지켜달라는 거야."

유봄은 이야기를 끝까지 듣지 않아도 이미 결론을 알 것 같았다. 하지만 중대장은 기어코 대답하고 싶지 않은 질문을 던졌다.

"그래서 어떻게 됐을 것 같아?"

물론 유봄은 대답하지 않고 중대장을 노려보기만 했다. 어차피 대답을 들을 의사 같은 건 없어 보였다.

"파격적인 제안에 감사하는 마음을 담아 우리 타워 명물인 상어 먹이 되기 체험을 시켜드렸지. 헬리콥터는 우리가 잘

썼고. 그런 게 다 노블레스 오블리주 아니겠어? 하여간 웃긴 사람이었지. 은행까지 모든 게 다 물에 잠긴 마당에 대체 돈이 무슨 쓸모가 있다고. 돈이라면 뭐든 다 해결되는 세상에서 살다 보니 현실 감각이 없어졌던 거지."

중대장은 거기서 말을 잠깐 끊고 뜸을 들였다.

"하지만 너는 우리에게 쓸모가 있는 것을 가졌지. 그러니 안심해. 상어 먹이가 되지 않아도 되니까."

퍽이나 안심할 일이었다. 유봄은 다시 화장실로 돌아가 문을 잠그고 버텨볼지 고민했다. 하지만 그건 오히려 스스로 퇴로를 차단하는 행위였다. 미약하더라도 희망의 불빛이 있는 방향으로 나아가야 했다.

"그러면 중대장님, 저희는 잠시 비켜드리겠습니다."

군인들은 충성 어쩌고 하며 얼렁뚱땅 이쪽을 향해 경례를 하더니 자기들끼리 히죽대며 하나둘 밖으로 나갔다. 중대장은 그들이 모두 나갈 때까지 뒤도 돌아보지 않고 바위처럼 앉아 있었다. 마침내 마지막 군인이 나가고 철컥, 문이 닫히는 소리가 들린 후에야 그는 천천히 의자에서 몸을 일으켰다. 촌스러운 선글라스 너머, 숨겨져 있던 그의 눈빛이 마치 먹잇감을 노리는 뱀처럼 차갑고 날카롭게 변해갔다. 저 눈빛은 위험했다. 유봄은 본능적으로 반걸음 뒤로 물러섰다.

"그냥 편하게 생각해. 난 내가 필요한 걸 가지고 넌 그 대가로 네가 필요한 걸 얻어가는 거지. 합리적인 물물교환 아닌가?"

"이…"

이 미친놈이 뭐라는 거야? 하마터면 유봄은 소리를 지를 뻔했다. 대체 뇌가 무슨 재질로 만들어지면 이따위 말을 할 수 있는 거지? 물물교환? 누가 물건이야, 누가! 쓸데없이 낮게 깔린 목소리가 더더욱 역겨움을 불러일으켰다.

철컹, 중대장은 허리에 둘렀던 탄띠를 벗어 탁자에 올려두었다. 느릿한 동작으로 서서히 이쪽으로 걸어오는 중대장의 상의에 이름표가 달려 있었다. 특이한 성씨였다. 옷에 이름표를 단 채로 이런 짓을 하다니 부끄럽지도 않은가. 한번 던져보자.

"모기철 대위님?"

선글라스가 처음으로 흠칫했다. 본인 이름 맞구나. 동이가 휴가 나와서 설명해 준 계급장 표식이 기억나서 다행이었다. 다이아몬드 한 개는 소위, 두 개는 중위, 세 개는 대위. 중대장은 약간 불쾌하다는 듯한 목소리로 대꾸했다.

"통성명까지 해야 하나?"

아니, 아까는 물물교환이라더니 통성명조차 거부하는 건 상도의가 아니지 않나? 애초에 유봄의 이름 같은 건 관심도 없었던 것 같은데 그 점이 더 혐오스러웠다. 아무튼 상대가 잠깐이나마 멈칫했을 때 최대한 흔들어야 했다.

"혹시 여자 친구 있어요?"

"있었지."

"어머니는요?"

"있었지."

"떳떳해요?"

"생사도 모르는 사람한테까지 떳떳해야 하나?"

젠장, 안 통하네! 이런 사이코패스 같으니라고! 몇 마디 대화랄 게 오가기도 전에 뒤로 물러나던 유봄의 등이 먼저 차가운 벽에 닿았다. 언제 벌써 여기까지 온 거지? 중대장은 먹잇감을 눈앞에 둔 뱀이 서서히 숨통을 조이는 것처럼 스멀스멀 다가왔다. 유봄은 속으로 욕설을 마구 내뱉으며 다음 대응 방안을 모색하려 했지만, 정작 떠오르는 해결책은 없었다. 그 순간 중대장의 투박한 손이 양어깨를 붙잡았다. 유봄의 목소리가 자기도 모르게 다급해졌다.

"그냥 보내주시면 안 될까요?"

"내가 왜?"

"착한 일 한다고 생각하시고."

스스로 듣기에도 심하게 떨리는 목소리로 무력한 대사를 말해버렸다. 두려움을 들켜서는 안 되는데. 선글라스 아래에서 중대장의 입이 처음으로 씩 웃었다. 그게 더 무서웠다.

"좋은 거 하나 알려줄게. 이런 세상에서는 나 혼자 착한 게 제일 위험해. 내가 널 놔주면 밖에 있는 애들이 날 가만두겠어? 다들 자기 차례만 기다리고 있을 텐데."

서로 배신하지 못하게 지켜주는 악마들의 연대 같은 건가. 상황은 절망적이었다. 유봄은 형광등을 쥔 손에 힘을 꽉 주었다. 하지만 중대장을 어떻게 해결한다 한들 문밖에서 지키고 있을 군인들을 모두 해결할 방법이 떠오르지 않았다. 아마 그런 길은 존재하지 않을지도 모르겠다. 그렇다면 죽더라도 인간으로 죽겠다. 마지막까지 저항할 것이다.

중대장이 유봄을 만지는 순간 형광등으로 머리통을 벼락같이 후려쳤다. 쨍그랑! 형광등은 너무나 가볍게 깨졌고 중대장은 놀란 표정을 짓긴 했지만 유감스럽게도 다친 곳은 없어 보였다. 형광등은 무기가 될 수 없는 거였어!

"악!"

유봄은 비명을 지르며 깨진 형광등으로 중대장을 찌르려 했다. 하지만 그 전에 중대장이 먼저 유봄의 팔을 붙잡아 꺾었다. 유봄이 계속 소리를 지르며 손을 비틀어 빼내려 했지만, 중대장의 완력을 이길 순 없었다. 별수 없이 왼손의 화분으로 중대장의 머리를 후려쳤다. 하지만 이번에도 중대장에게 먼저 손목을 잡혀버렸다. 이제 양팔이 중대장에게 잡힌 꼴이 되었다.

"건방지게."

중대장은 유봄의 배를 군홧발로 걷어찼다. 유봄은 속수무책으로 나동그라졌다. 중대장은 손을 툭툭 털더니 바닥의 화분도 힘껏 걷어찼다. 흙이 튀며 봄순이가 화분 밖으로 애처롭게 떨어졌다.

"봄순아!"

유봄의 절규에도 아랑곳하지 않고 중대장은 군홧발로 봄순이를 밟아 그대로 짓이겨 버렸다. 유봄의 마음도 봄순이처럼 짓이겨졌다. 더러운 것을 짓밟기라도 한 듯 중대장은 구두창을 카펫에 문질렀다. 그리고 유봄을 향해 섬뜩한 승리의 미소를 지어 보였다. 이제 모든 게 끝이구나 싶었다.

그때였다. 밖에서 우당탕탕 시끄러운 소리가 들리더니 문이 벌컥 열렸다.

"하수진 중위님!"

하수진 중위라 불린 사람이 방에 난입하자 뒤이어 아까의 군인들이 쫓아 들어왔다. 중위가 말했다.

"모 대위님, 지금 뭐 하시는 거죠?"

일순 정적이 흘렀다. 중대장, 아니 모기철 대위는 한참 동안 하수진 중위를 가만히 응시하다가 매섭게 대꾸했다.

"불만이면 군인권센터에 신고해 보시든가."

그 말에 지켜보던 다른 군인들이 피식거리며 웃었다. 명백한 비웃음에 소름이 끼쳤다. 팽팽한 공기가 감도는 가운데, 하수진 중위는 빠른 발걸음으로 다가와 모기철 대위를 어깨로 밀치고 고통스러워하는 유봄을 일으켜 세웠다. 그러고는 천천히 뒷걸음질 치며 방어하듯 유봄을 자신의 뒤에 세웠다. 하수진 중위가 귓가에 속삭였다.

ㅡ 네 시 방향 문을 열고 계단을 내려가 12층에서 나가요. 거긴 오늘 막 재입대한 애들이 대기 중이니까 괜찮을 거예요. 통과해서 직진하면 부두가 있어요. 거기서 뭐든 타고 살아남아요.

빠르고 간명한 지시. 군인다웠다.

"하 중위, 험한 꼴 보기 싫으면 비키지?"

"모 대위님이나 그만하시죠."

"지금 이러는 거 명백한 하극상이야!"

중대장이 들개처럼 거칠게 으르렁거렸다. 점점 인내심이 바닥나고 있다는 뜻이었다. 유봄은 그 말을 신호로 삼아 뛰었다. 모기철 대위가 먼저 움직일 때까지 기다려줄 이유는 없었다. 하지만 이번에는 오히려 하수진 중위가 당황했다.

"아니? 그쪽이 아니라!"

사실 유봄이 뛴 방향은 계단이 아니라 군인들이 지키고 있는 입구 쪽이었다. 방향을 착각한 건 아니었다. 목표는 탁자였다. 유봄은 아까 중대장이 탁자 위에 벗어둔 탄띠를 재빨리 집어 들고 거기서 권총을 꺼냈다. 쏠 줄은 모르지만 쏠 수는 있겠지. 어떻게든 말이다. 이번에는 중대장을 비롯한 다른 군인들이 당황한 신음소리를 냈다. 유봄은 다시 네 시 방향으로 달려 철문을 열었다. 알려준 대로 계단실이었다. 유봄은 계단실로 뛰어들었다.

"비켜!"

모기철 대위가 맹렬한 기세로 하수진 중위를 밀치고 유봄을 바짝 뒤쫓았다. 덥석! 닫히려는 철문 틈 사이로 마치 공포 영화의 한 장면처럼 그의 손이 뻗어 들어왔다. 하지만 유봄은 철문을 잡은 그 손을 보며 오히려 기회라고 생각했다. 앞뒤 생각할 것 없이 온몸을 던져 있는 힘껏 철문을 밀어 닫았다.

"끄아악!"

모기철 대위의 손이 문틈에 끼며 그의 고통스러운 비명이 터져 나왔다.

이건 봄순이에 대한 복수다! 유봄은 마음속으로 힘껏 외쳤다. 등 뒤로 철문이 저절로 닫히는 소리를 들으며 유봄은 숨 돌릴 틈도 없이 계단을 뛰어 내려가기 시작했다.

"잡아!"

철문 너머 평정심을 잃은 모기철 대위의 목소리가 들렸다. 계단실에는 불빛이 하나도 없었다. 유봄은 감에 의존해 최대한 빠르게 계단을 내려가려 했지만 자꾸만 벽에 몸이 부딪혔다. 난간을 찾아 더듬거리며 내려가다가 아래층 철문을 만났다. 유봄은 철문을 활짝 열고 지갑을 문틈 사이에 꽂아 넣었다. 그러자 열린 문으로 빛이 새어 들어오며 계단실을 밝히기 시작했다. 지금 이 세상에서 가장 쓸모없던 물건이 쓸모를 되찾은 순간이었다.

아슬아슬 몇 계단을 뛰듯이 내려가서 마침내 12층 표지판을 만났다. 유봄은 문을 벌컥 열었다. 여기에도 군복을 입은 군인들이 단체로 모여 있었다. 그들은 모두 동시에 유봄을 쳐다보았다. 새하얀 원피스를 입고 권총을 손에 든 유봄은 지금 이곳에서 너무나 튀는 존재였다. 안 쳐다보는 게 이상했다. 군인들은 도란도란 간식 시간이라도 가지고 있었는지 곳곳에 과자 박스가 쌓여 있었다. 유봄은 눈 앞에 있는 과자 봉지 몇 개를 집어 들고 냅다 달리기 시작했다.

'과자에 권총에 원피스까지 3종 선물 세트다, 이것들아!'

모두의 시선을 강탈하며 코너에 도달하자 부서진 유리창이 보였다. 아까 배를 댄 곳이었다. 끄트머리에 유봄의 오리배도 처음 모습 그대로 정박되어 있었다. 동력 보트냐, 무동력 오리배냐? 조종을 할 수만 있다면 당연히 동력 보트여야 하지만 과연 유봄이 시동이라도 걸 수 있을 것인가? 그리고 이후로도 연료를 계속 구할 수 있을 것인가? 선택의 순간이었다.

"봄아!"

어? 누가 내 이름을? 원피스 자락을 팔랑거리며 반사적으로 뒤로 돌자 군복들 사이에서 아는 얼굴이 하나 삐죽 튀어나왔다.

"동아!"

오랜 동네 친구 한동이었다. 살아 있었구나. 너무나 반가웠지만 상황을 설명할 시간이 없었다. 가서 손목을 잡아끌었다.

"따라 나와!"

"뭐? 무슨?"

"거기 서!"

모기철 대위가 쫓아오는 소리가 들렸다. 한동도 유봄의 복장과 몰골을 보고 대충 상황을 눈치챈 듯했다. 유봄이 재촉했다.

"설명은 나중에! 지금 바로 가야 해!"

"봄아, 어서 가. 내가 어떻게든 막아볼게."

"동아!"

한동은 유봄에게 등을 보인 채로 고개만 돌리며 든든한 미소를 지었다.

"봄아, 또 보자."

유봄은 오리배를 선택했다. 밤이었고, 이 시대에 조명은 없었다. 한동이 조금만 시간을 벌어준다면 별빛 속에 숨을 수 있을 것이었다. 해일 이후 지금까지 유봄에게는 수많은 선택의 순간들이 있었고 그 모든 선택이 유봄을 여기까지 밀고 왔다. 그리고 결국에는 살아남게 했다. 비록 선택하지 않은 길을 가볼 수는 없었지만, 많은 경우 생사의 갈림길이었으리라. 말하자면 지금, 이 순간 살아있는 유봄은 올바른 선택의 총체라고 할 수 있었다. 유봄은 이번에도 자신의 선택이 옳았기를 마음속 깊이 바라며 힘껏 페달을 밟았다.

Wave 3 ___ 가을의 틈새

탈출하던 그 밤부터 한동안 제법 거센 동풍이 불었다. 성
난 바람과 파도가 유봄의 오리배를 채찍질하듯 밀어붙이며
계속해서 서쪽으로 이끌었다. 처음 며칠간 유봄은 따라붙을
지도 모르는 추격자들의 환영에 시달렸다. 어두운 밤이면 깜
빡 잠이 들 뻔하다가도 작은 파도 소리에 놀라 다시 정신을
차리고 페달을 밟는 날들의 연속이었다.

 타워에서 이후 어떤 일이 벌어졌는지는 도저히 알 길이 없
었다. 다만 한 달가량의 시간이 흘렀음에도 추격자가 나타나
지 않는 것으로 보아 한동과 하수진 중위 같은 사람들이 유
봄이 무사히 탈출하도록 도와주었으리라 추측할 뿐이었다.

 '동이, 별 일이 없어야 할 텐데….'

 한동이 상병이었나 병장이었나 잘은 모르겠지만 아무튼

모기철 대위보다는 훨씬 낮은 계급일 거라서 걱정이었다. 잘했겠지. 한동은 조금 덤벙대는 면이 있긴 했지만 그래도 사회생활 하나는 잘하는 친구였다. 아마 얼렁뚱땅 잘 넘기고 지금쯤은 어딘가에서 초코파이라도 먹고 있을 것이다. 그렇게 믿기로 했다.

특별히 정해둔 목적지는 없었지만, 동풍이 그친 뒤에도 유봄은 꾸준히 서쪽을 향해 나아갔다. 아직도 동쪽에 작게 보이는 롯데월드타워에서 최대한 멀어지고 싶다는 게 가장 큰 이유였다. 하지만 같은 방향으로 계속 나아간다는 간단한 행위조차도 바다 위에서는 결코 쉬운 일이 아니었다. 파도와 물결은 늘 오리배의 방향 감각을 뒤흔들어 놓았다. 좌표와 기준점을 정확히 잡고 이동하지 않으면 자칫 위치를 잃고 망망대해를 표류하게 될 수도 있었다. 오리배에 내비게이션 같은 게 있을 리 만무했고 유봄이 옛사람들처럼 별자리를 볼 줄 아는 것도 아니었다. 매일 해가 지면서 서쪽이 어디인지 알려주기는 했지만 미묘하게 해가 떨어지는 지점이 계속 바뀌었다.

그래도 이곳은 서울이었다. 한때 대한민국에서 가장 화려한 스카이라인을 자랑하던 도시. 서울에는 과거 랜드마크였던 건축물들이 등대 역할을 해주고 있어 방향감각을 잃지 않을 수 있었다. 유봄은 언제나 남산의 서울타워를 오리배의 오른쪽에 기준점으로 두고 이동했다.

잠실을 방문하기 전과 후, 유봄의 인생에서 가장 달라진 점이 있다면 그건 바로 권총이었다. 이전에는 자신이 손에 쥘 거라고 상상조차 해본 적 없는 물건. 그 묵직한 쇳덩이 하나가 유봄의 생존을 훨씬 수월하게 만들었다. 여전히 노마드는 어디에서도 환영받지 못하는 존재였다. 하지만 생존자들은 권총을 든 유봄을 예전처럼 우습게 보지 못했다.

약육강식의 지구에서 유봄은 늘 먹이사슬의 밑바닥에 속해 있었다. 언제든 힘으로 제압할 수 있는 초식동물 같은 존재. 그러나 총을 든 유봄은 아니었다. 총은 먹이사슬의 맨 꼭대기에 있는 가장 강력한 동물조차 위협할 수 있는 일종의 맹독이었다. 유봄은 자신이 치명적인 독을 품은 초식동물 같다고 생각했다. 육식동물들이 군침을 흘리지만, 함부로 건드렸다간 자칫 목숨을 잃게 되는 위험한 초식동물.

하지만 맹독은 어디까지나 방어용이었다. 유봄은 총으로 무언가를 더 얻어보겠다는 욕심을 내지 않았다. 총을 믿고 나대다가 총을 빼앗기는 순간 유봄을 기다리는 건 지옥보다 더한 보복일 게 뻔했다. 그래도 비상 상황에 대비해 총을 쏘는 방법 정도는 알아둘 필요가 있겠다 싶었다. 혼자서 틈틈이 권총을 만지작거리다 보니 사용법이 그리 어려워 보이진 않았다. 탄창을 열어 총알을 확인할 줄도 알게 되었다. 들어 있는 총알은 모두 여섯 발이었다. 하지만 유봄은 가능하면 단 한 발조차 영원히 쏠 일이 없기를 바랐다.

다행히 지금까지 만난 대부분의 사람은 단순히 권총을 겨누고 위협하는 것만으로도 순순히 물러났다. 개중 일부는 덤벼들기도 했지만 유봄이 손끝으로 철컥, 장전 소리를 내면 그들의 객기도 사그라들었다. 어차피 지금 살아있는 모든 이들의 유일한 목표는 생존이었다. 굳이 자신의 목숨을 담보로 총구에서 총알이 실제로 나가는지 검증해 보려는 간 큰 사람은 없었다.

물론 유봄의 총이 진짜 총이 맞는지 의심하는 사람들도 간혹 있었다. 바로 지금처럼 말이다.

"그 총 진짜 맞아?"

삐죽하니 키가 큰 남자가 덥수룩한 머리칼에 손도끼를 긁적이며 말했다. 손도끼 곳곳에 묻어 있는 피가 그가 생존하기 위해 선택해 왔던 길을 보여주고 있었다.

"총알은 있고?"

이번엔 그 옆에 서 있는 작고 다부진 체구의 남자였다. 남자의 손에는 망치가 들려 있었다. 아마도 해일 이후 한 번도 면도하지 않았을 하관에는 턱수염이 체 게바라처럼 풍성하게 나 있었다.

길쭉이와 털복숭이. 유봄은 대치하던 두 남자와 거리를 유지하며 권총 위의 레버를 손가락으로 당겼다. 철컥, 장전되는 소리가 텅 빈 대학교 기숙사에 울려 퍼졌다.

"확인해 보실래요? 제가 지금까지 어떻게 살아남았는지."

길쭉이가 손도끼를 빙글빙글 돌리며 은근슬쩍 거리를 좁혔다.

"글쎄. 내 눈에는 지금까지 가짜 총으로 눈속임하며 버텨왔던 것처럼 보이는데?"

그때 털복숭이가 길쭉이의 어깨를 잡았다.

"가만히 있어 봐."

"형, 그렇잖아. 저런 여자애가 어디서 총을 구해? 저거 가짜야."

길쭉이가 털복숭이의 손을 뿌리치고 어디 한번 쏴보라는 듯이 가슴을 펴고 걸어왔다. 유봄은 마침내 경고사격을 해야 하는 순간이 오고야 말았다는 걸 깨달았다. 여섯 발 중 한 발. 그 한 발로 저들을 물러서게 할 수 있다면 그게 최선이었다. 그런데 경고사격을 한다면 공중에? 아니면 발 앞에? 그것도 아니면 더 무섭게 얼굴 옆을 스치듯이? 총구의 방향이 갈피를 못 잡고 흔들리던 그때 털복숭이 형과 눈이 마주쳤다. 그 눈빛은 사냥감을 탐색하는 불곰처럼 신중했다.

유봄이 마침내 길쭉이의 발 앞에 쏘기로 결정하고 방아쇠를 당기려는 찰나, 털복숭이가 팔을 들어 길쭉이를 제지

했다.

"멈춰."

"또 왜, 형?"

신경질적인 동생이었다.

"저거 진짜야. 총알이 있다고. 그렇지?"

털복숭이가 유봄의 동의를 구하듯 말했다.

"그런데 아직 사람을 쏴본 적은 없지. 그래서, 쏘기 싫은 거지?"

유봄은 긍정도 부정도 하지 않았다. 털복숭이가 앞으로 한 발 걸어 나와 길쭉이 옆에 나란히 섰다.

"협상하지. 우리도 보스가 있는 신세라서 말이야. 이대로 빈손으로 돌아가면 어차피 죽은 목숨이거든. 그리고 우리는 둘이지만 그쪽은 하나지."

"그래서요?"

"둘 중 하나를 총으로 쏘더라도, 그 순간 나머지 하나가 반드시 널 죽일 거다. 그러니까 협상하지."

납득이 가는 말이었다. 유봄은 고개를 끄덕였다. 총구를 그대로 둔 채 곁눈질로 기숙사를 돌아다니며 챙긴 식량을 확인했다. 컵라면 다섯 개. 과자 네 봉지.

"컵라면 두 개, 과자 두 봉지. 가져가세요."

하지만 털복숭이가 고개를 좌우로 흔들었다.

"아니지, 아니지. 뭘 들었어? 지금 서로 죽일 수 있는 공평한 상황이 아니라. 네가 쏘더라도 우리는 하나가 살아남고, 너는 반드시 죽는 상황이라고. 그러니까 컵라면 네 개, 과자 세 봉지."

유봄의 미간이 저도 모르게 찌푸려졌다. 받아들여야 하나, 아니면 한 번 더 밀어붙여도 되나. 저들이 어떻게 나올지 모르는 상황에서 생명을 담보로 협상을 하는 건 쉬운 일이 아니었다. 하지만 총이었고 근거리였다. 둘 중 하나는 반드시 죽는 건 저쪽도 마찬가지였다. 총상을 입고도 살아날 수 있는 응급실 같은 건 더 이상 이 세상에 없었다. 유봄은 총구를 길쭉이에서 털복숭이쪽으로 돌렸다.

"컵라면 세 개, 과자 두 봉지. 더는 안 돼요."

털복숭이가 입가를 비틀었다.

"담이 센 여자군. 오케이. 딜."

털복숭이가 턱짓하자 길쭉이가 손도끼로 괜히 벽을 긁으며 음식을 가지러 왔다. 털복숭이는 둘 모두를 동시에 겨냥할 수 없도록 좌우로 거리를 벌렸다. 상식적으로는 가까이 다가오는 쪽을 총으로 겨냥해야 할 테지만, 왠지 그래서는 안 될 것 같은 느낌을 받았다. 유봄은 원래 겨냥하고 있던 털복숭이 쪽을 그대로 계속 겨냥했다. 그는 길쭉이가 컵라면과 과자를 챙기는 내내 유봄의 눈에서 시선을 떼지 않았다. 유봄은 자신의 선택이 옳았음을 알았다.

*

유봄은 오전에 먹을 것을 구하고 오후엔 서쪽으로 이동하는 해양 유목민 생활을 반복했다. 해가 떠 있는 낮에는 긴장의 끈을 놓을 수 없었다. 어디서 누가 나타날지 모르기 때문에 언제나 주변을 경계해야 했다. 오히려 어둠이 내려앉은 바다는 유봄에게 안전한 은신처가 되어 주었다. 불빛 하나 없는 서울의 밤에는 그 누구도 유봄을 발견할 수 없었고, 유봄은 별빛을 보며 잠깐이나마 평화를 즐길 수 있었다. 물에 잠긴 지구에서도 가장 무서운 건 여전히 사람이었다.

하지만 문제의 그날 아침, 늦잠이라는 사소한 변수 하나가 유봄의 일상에 큰 균열을 일으켰다. 전날 밤늦도록 식량을 찾아 무인도를 헤맨 탓이었을까. 아니면 겨우 찾은 고사리를 데쳐 먹고 새벽에 배탈이 난 탓이었을까. 유봄은 깊은 잠에 빠져 해가 중천에 이르도록 깨어나지 못했다. 강렬한 햇살에 눈을 찡그리던 유봄은 뭔가 이상하다는 직감에 퍼뜩 눈을 떴다. 가장 먼저 눈앞에 펼쳐진 것은 거대하게 우뚝 솟은 황금빛 빌딩이었다. 서울 사람이라면, 아니 아마 한국인이라면 모를 수가 없는 건물. 여의도의 63빌딩이었다.

유봄은 소스라치게 놀라 벌떡 일어났다. 오리배가 밤새 파도에 실려 꽤 먼 거리를 이동한 모양이었다. 빌딩이 이미 코앞까지 다가와 있었다. 유봄은 앞자리로 넘어가 핸들을 잡았다. 얼른 우회해야 했다. 현재 63빌딩을 누가 장악하고 있는지는 모르겠지만 부동산 세력은 무조건 피하는 게 상책이었다. 롯데월드타워의 악몽을 다시 반복하고 싶지는 않았다. 유봄이 서둘러 페달을 밟자 오리배가 방향을 틀기 시작했다.

그때 63빌딩 뒤쪽에서 그림처럼 새하얀 돛단배가 출현했다. 정확히는 하얀 돛을 단 현대식 요트였다. 유봄은 여의도에 요트 탑승장이 있었다는 사실을 기억해 냈다. 풍경 자체만 놓고 보면 분명 아름답다고 할 수도 있는 풍경이었다. 하지만 유봄은 그 돛이 마음에 걸렸다. 새하얀 돛에는 마치 흉터처럼, 짙은 적갈색의 얼룩이 섬뜩하게 새겨져 있었다.

펄럭! 바람을 받은 돛이 팽팽하게 펼쳐지자 마침내 얼룩무늬가 온전한 모습을 드러냈다. 솜씨 없는 화가가 휘갈겨 그린 것처럼 조잡하긴 했지만 그건 분명 해골을 그린 그림이었다. 해골 아래에는 X자 모양으로 두 개의 뼈다귀가 교차하고 있었다. 아마 만국 공통으로 알아볼 수 있는 도안이 아닐까 싶었다.

해적. 그간 노마드들에게 소문으로만 들었던 해적이었다. 적갈색 잉크의 정체를 상상하자 등골이 오싹해졌다. 모든 게 물에 잠긴 세상에서 잉크 같은 것을 구할 수 있을 리 없었다. 균일하지 않게 얼룩덜룩 덧칠된 그것은 마치 사람 피로 그린 그림 같았다.

유봄은 필사적으로 페달을 밟아 반대쪽으로 선회하다가 깜짝 놀라고 말았다. 반대 방향에서도 해적 깃발을 건 요트가 한 대 다가오고 있었다. 대체 언제부터 접근하고 있었던 거지? 하지만 아직 놀라긴 일렀다. 요트는 한 대가 아니었다. 한 대로 보였던 요트가 서서히 양쪽으로 분리되더니 순식간에 두 대로 늘어났다. 바로 뒤를 따르던 요트가 하나 더 있었다. 도합 세 대의 요트는 바다 위에서 삼각형 모양의 대형을 만들며 유봄을 서서히 포위해 왔다. 커다란 요트만 있는 것도 아니었다. 각각의 요트 주변에는 노를 저어 움직이는 작은 보트가 여러 대 따르고 있었다. 유봄은 탄식했다. 63빌딩은 해적 소굴이었다.

해적들은 배를 다루는 솜씨가 능숙했다. 유봄이 발버둥 치듯 필사적으로 페달을 밟으며 이리저리 방향을 틀어봤지만, 그때마다 따라붙으며 거리를 좁혀 왔다. 도무지 달아날 수 있는 빈틈이 보이지 않았다. 절망적인 상황은 여기서 끝이 아니었다. 63빌딩 뒤편에서 꿈에도 상상하지 못했던 거대한 배가 모습을 드러내기 시작했다. 앞서 봤던 요트들조차 장난감처럼 보이게 만들 정도로 웅장한 자태. 그건 바로 한강 유람선이었다. 유람선 꼭대기에도 어김없이 해적 깃발이 펄럭이고 있었다. 저 커다란 배를 움직일 화석연료가 아직 남아 있다고?

그 압도적인 크기 앞에서 유봄의 오리배는 한없이 작고 초라하게 느껴졌다. 역시 부동산 세력. 도저히 잔재주로 상대할 수 없는 전력 차이였다. 유봄은 들개 떼에 쫓기는 토끼처럼 천천히 포위되다가 마침내 커다란 한강 유람선 앞에 멈춰 서게 되었다. 유봄은 오리배 뒷좌석에서 권총을 꺼냈다.

유람선 위에서 누가 봐도 해적 선장인 자가 두건을 휘날리며 선수에 섰다. 그 눈빛이 광포한 짐승처럼 희번덕거렸다. 대체 무슨 패션 센스인지 단풍처럼 붉은 두건에 붉은 티셔츠를 입고 있었다. 하지만 결코 그의 패션을 비웃을 수 없는 건 먹이사슬의 최상위에 있을 법한 위압적인 덩치와 근육이 갈라진 굵은 팔뚝 때문이었다. 그의 신체 자체가 이미 무기였건만 팔짱을 낀 손에는 심지어 번뜩이는 낫까지 들려 있었다. 이 시대에 낫이 어디서 난 거지? 홍건적의 난 같은 콘셉트인가.

"어이, 아가씨. 난 그 오리배가 마음에 드는데?"

목소리는 거칠지만, 유쾌한 뱃사람 같은 면이 있었다.

"안 팔아요."

유봄의 당돌한 대답에 해적 선장은 호탕하게 웃어 보였다.

"패기 있는 아가씨군. 우린 해적이야."

"보면 알아요."

"기세 좋은데? 그 기세로 해적이 되어볼 생각은 없나?"

이건 또 무슨 해적 만화의 한 장면 같은 상황인가 싶었다. 실례지만 혹시 이름이 몽키 D. 루피나 잭 스패로 같은 건지 묻고 싶었지만, 사방이 해적선으로 포위된 입장에서는 무척 진지하게 고려해 볼 수밖에 없는 제안이었다.

"스카우트 제의인가요?"

"그런 셈이지."

"월급은요?"

"성과급제야. 처음엔 매출의 50%. 간부급이 되면 70%까지."

뭐지? 저 뼛속까지 자본주의 정신에 물든 홍건적은. 하지만 결국 매출이라 해봐야 어디 가서 단체로 약탈해 오는 것들이 아닌가 싶었다. 그때 선장이 집게손가락을 치켜세웠다.

"그리고 보너스. 가장 중요한 건 보너스지. 사람 하나 죽일 때마다 어마어마한 특별 수당이 지급될 거야."

해적이 될 마음이 아주 사라졌다. 잠시나마 흔들릴 뻔했던 자신이 한심했다. 주변의 해적들이 킬킬 웃는 소리가 들렸다. 유봄이 대꾸하지 않고 침묵을 지키자, 선장이 눈을 살짝 가늘게 뜨더니 휙 돌아섰다.

"뭐, 좋아. 그럼 고민하는 동안 좋은 구경 하나 시켜주지."

선장이 손짓하자 유람선 꼭대기에서 커다란 나무판자가 튀어나왔다.

"널빤지 처형이라고 들어봤나?"

처형이라는 두 글자에 유봄의 심장이 빠르게 뛰기 시작했다. 애써 침착한 척 마음을 다잡고 고개를 좌우로 흔들었다. 선장이 흡족한 듯 말을 이었다.

"전통적으로 해적들이 널리 쓰던 유명한 처형 방식이지. 널빤지 위를 걷게 해서 상어가 가득한 바다에 빠뜨리는 거야. 우린 그걸 아주 현대적으로 63빌딩 앞에서 구현해 냈지. 바로 이 한강 유람선 2층 테라스에 널빤지를 설치한 거야. 낭만적이지?"

낭만주의자들이 들으면 기겁할 소리를 거침없이 내뱉으며 껄껄 웃어 재끼는 해적 선장을 보며 유봄은 아연했다. 세상이 얼마나 미쳐 돌아가길래 어디서 이런 사이코패스들이 계속해서 나오는 것일까? 아니면 반대로 사이코패스들만 살아남을 수 있는 세상이 되어버린 걸까?

"어젯밤 멋대로 창고에서 술을 훔쳐 먹은 해적 놈이 있다. 매출도 달성 못하는 놈이 간이 부어서. 다시는 이런 일이 있어서는 안 되겠지. 그래서!"

선장의 목소리가 여의도 바다에 쩌렁쩌렁 울려 퍼졌다.

"본보기로 널빤지 처형을 거행한다!"

일순 해적들이 함성을 질렀다. 무슨 콘서트장이라도 온 것 같았다. 그들이 외치고 있는 구호가 '죽여라' 따위만 아니었다면 말이다. 유봄이 이러지도 저러지도 못하고 탈출 기회만 엿보고 있는 동안 밧줄에 묶인 남자가 널빤지 위에 올라섰다. 길쭉이. 남자를 알아본 유봄은 충격에 빠졌다. 며칠 전 대학교 기숙사에서 손도끼를 들고 유봄을 위협했던 길쭉이. 그가 술을 훔쳐 먹었다는 해적이었다.

길쭉이의 표정은 멀리서 봐도 겁에 질려 있었다. 그 앞에 해적 선장이 손수 낫을 빼 들고 다가섰다. 근육질 팔뚝으로 가차 없이 휘두른 낫이 머리를 스치자 길쭉이는 별수 없이 널빤지 위로 한 걸음 물러섰다. 해적들의 광기 어린 환호성이 더욱 커졌다. 선장이 다시 한번 바람 소리가 나도록 낫을 휘둘렀고 길쭉이는 어쩔 수 없이 널빤지 끝으로 천천히 걸어갔다. 널빤지가 다이빙대처럼 위태롭게 아래위로 출렁거렸다. 마침내 널빤지 끝에 몰린 길쭉이는 두려운 듯 뒤를 돌아봤지만 스스로 뛰어내릴 생각은 없어 보였다. 그때 바닥에 쇠를 긁는 불쾌한 소리가 들렸다. 어느새 선장이 밀대 자루처럼 길쭉한 물건을 바닥에 질질 끌며 가지고 오고 있었다. 선장이 자루를 들어 보이자, 그 끝에는 뾰족한 갈퀴가 달려 있었다. 쇠스랑? 해적이 어디서 저런 걸 구한 거지?

선장은 쇼맨십이 있는 남자였다. 쇠스랑을 공중에서 빙글 빙글 돌리며 유람선 2층을 무대 삼아 좌우로 걸어 다니자, 해적들의 환호성 소리가 점차 고조됐다. 하지만 유봄은 그의 화려한 몸짓에도 곧 닥칠 운명에 떨고 있는 길쭉이에게서 시선을 뗄 수가 없었다. 저 사람 다음은 유봄의 차례가 될 수도 있었다. 마침내 함성 소리가 절정에 이르자 쇠스랑이 벼락처럼 길쭉이에게 내리꽂혔다. 길쭉이는 몸을 뒤틀어 가까스로 쇠스랑을 피했지만, 균형을 잃고 말았고 다음 순간 바다에 떨어졌다. 길쭉이의 몸이 수면에 첨벙 부딪히며 커다란 물보라를 일으켰다. 하지만 정작 유봄을 경악하게 만든 건 그다음 이어진 선장의 한마디였다.

"죽이면 보너스!"

그 말만을 기다렸다는 듯이 해적들이 너나 할 것 없이 달려들어 칼이며 창 같은 걸 바닷속에 마구 찔러대기 시작했다. 얼마 지나지 않아 길쭉이가 떨어진 주변의 바다가 붉은 피로 물드는 끔찍한 광경이 펼쳐졌다. 서로 내가 죽였다며 드잡이하는 해적들을 보며 유봄은 눈을 질끈 감았다. 다시 눈을 떴을 때 남은 건 지금 당장 여기서 탈출해야겠다는 일념뿐이었다. 하지만 주변의 동태를 살피던 유봄은 곧 소름이 돋았다. 해적 선장과 눈이 마주친 것이다. 선장은 해적들이 서로 사람을 죽였다고 난리 통인 상황에서도 오직 유봄만을 노려보고 있었다. 절대로 놓치지 않겠다는 듯이.

"다시 한번 묻지. 해적이 되지 않겠나?"

선장의 우렁찬 목소리에 주변 해적들의 이목이 다시금 유봄에게 집중됐다. 이런 관심은 죽어도 사양인데. 우선 유봄은 이 위기를 대화로 회피할 수 있는 여지가 있는지 확인해보고 싶었다.

"제가 해적이 되기 싫다면요?"

순간 주변 해적들의 시선이 바늘로 찌르는 것처럼 날카로워졌다. 정작 해적 선장은 태연하게 대꾸했다.

"그 오리배만 나한테 넘겨. 그럼 살려는 드릴게."

"오리배를 드리면 저는 뭘 타고 가죠?"

"수영할 줄 알지?"

"뭐야? 살려줄 생각이 전혀 없잖아요!"

조금 전 바다에 빠진 길쭉이 해적이 어떻게 되었는지 두 눈으로 똑똑히 본 터였다. 유봄은 결국 권총을 꺼내 해적 선장을 겨냥했다. 선장은 안색 하나 변하지 않고 이죽거렸다.

"이야, 난 아가씨가 점점 더 마음에 든다. 그 총도 서비스로 주려고?"

"보내주지 않으면 진짜 쏩니다."

유봄은 보란 듯이 권총을 장전했다. 제발! 그냥 보내줘!

"와, 무서워라! 뽀내쭈찌 않으면 찐짜 쏩니당."

해적 선장은 일부러 어린애 말투를 흉내 내며 유봄의 말을 그대로 따라 했고 그에 호응하듯 여기저기서 비웃는 소리가 들렸다. 원래 사회에서도 조폭이나 깡패를 하던 사람들인가, 무슨 말투나 태도가 저렇게 껄렁껄렁하지? 그때 해적 선장이 갑자기 입가의 미소를 거두고 정색하더니 번쩍 손을 들고 외쳤다.

"애들아! 저 아가씨 유람선에서 스카이다이빙 한번 시켜 드려야겠다! 잡아 오면 보너스!"

와아아! 함성 소리가 들리며 요트, 아니 해적선들이 마치 기다리기라도 한 것처럼 빠르게 오리배로 접근하기 시작했다. 혹시 다 말장난이었고, 처음부터 이 순간만을 기다려 온 것 아닐까?

오리배를 포위하듯 맴돌기 시작하는 해적선들을 바라보며 유봄은 마음을 가다듬었다. 포위망이 촘촘해서 오리배의 속도로는 도저히 빠져나갈 방법이 없었다. 결국 총을 활용해야 했다. 유봄은 집게손가락을 권총 방아쇠에 걸며 생각했다. 하지만 어떻게? 태어나서 총이라고는 놀이공원에서 인형을 쏘아 맞혀본 게 전부였다. 그마저도 제대로 성공했던 기억조차 없었다. 그런 주제에 과연 살아있는 사람을 똑바로 겨냥할 수 있을까? 그리고 방아쇠를 당길 수 있을까? 하지만 곧 유봄은 질문을 정정해야 한다는 것을 깨달았다. 과연 이

총이 나가긴 할까?

유봄은 중대장의 총을 실제로 쏜 적이 한 번도 없었다. 단지 총을 겨누는 퍼포먼스만 해도 물러나는 상대 앞에서 굳이 쏠 필요가 없었기 때문이다. 솔직히 쏘는 방법이 맞는지도 확신이 없었다. 장전하는 방법이 틀릴 수도 있었고 손질이나 보관이 잘못되어 총알이 안 나갈 수도 있었다. 이럴 줄 알았으면 연습 삼아 한 번 쏴보는 건데….

해적들은 총을 보여주는 것만으로는 전혀 위협을 느끼지 않는 이들이었다. 유봄은 총알이 실제로 나가는지도 확인해 볼 겸 방아쇠를 당겨보기로 했다. 가장 가까운 해적선을 겨냥했다.

탕! 처음 쏴본 권총의 소리와 반동이 생각보다 훨씬 커서 쏜 유봄이 더 깜짝 놀랐다. 어깨 전체에 저릿한 충격이 왔다. 그래도 조금은 안심했다. 이게 진짜 나가는구나! 남은 총알은 다섯 발. 해적들은 멈칫하는 기색도 없이 배를 계속해서 움직이며 포위망을 좁혀 왔다.

"아가씨! 대체 뭘 쏘고 있는 거야?"

"경고사격이거든요!"

해적 선장의 노골적인 비웃음에 대꾸한 뒤 유봄은 또다시 질문을 정정해야 한다는 것을 깨달았다. 쏘더라도 과연 목표물을 맞힐 수 있을까? 거센 바람이 불고 파도가 높았다. 오리배도 파도에 흔들리고 해적들의 배도 흔들렸다. 이런 상황에서도 총으로 사람을 직접 겨냥할 자신은 없었지만, 어차피 맞힐 가능성이 별로 없어 보였다. 평지에서 쏴도 제대로 맞히기 힘든 것을 움직이는 배 위에서 어떻게 맞힐 수 있을까.

유봄은 전술을 수정해 다가오는 해적선에 구멍이라도 낼 요량으로 배 하부를 향해 탕! 탕! 두 발을 쏘았다. 총알이 보이지 않아 맞았는지 안 맞았는지조차 알 수 없었지만, 해적들의 반응을 보건대 전혀 안 맞은 것 같았다.

"뭐야? 이제 기도하냐?"

아, 그렇구나. 유봄은 해적 선장의 비꼬는 말에서 오히려 무엇이 잘못되었는지 깨달았다. 스스로 생각해도 자세가 무척 어정쩡했다. 처음 쏴 본 총의 강렬한 반동을 지나치게 의식한 나머지, 마치 기도하듯 가슴에 손을 모은 자세로 총을 쏴버린 것이다. 유봄은 영화에서 본 사격 장면들을 떠올리며 손을 쭉 뻗어 시선과 총을 일직선 높이로 맞추었다. 남은 총알은 세 발, 이제부터는 꼭 필요한 곳에 정확한 사격을 하는 것이 필요했다. 하지만 꼭 필요할 때가 언제인가? 늘 그게 문제였다.

그때 유봄의 오리배 뒤쪽에서 차르륵 물소리가 났다. 뒤로 돌자 미역처럼 헝클어진 머리칼을 늘어뜨린 해적 하나가 순식간에 오리배 위에 올라탔다. 수영으로 유봄의 배에 접근한 거였다. 쓸데없이 시간만 질질 끌지 말았어야 했다. 망설임은 저승으로 향하는 지름길일 뿐.

유봄은 곧바로 몸을 뒤로 돌려 총을 쏘려고 했다. 하지만 그전에 총을 든 손이 장발 해적에게 붙잡혔다. 해적은 오직 한 팔의 완력만으로 유봄의 손을 들어 올려 총구가 하늘을 향하게 했다. 그리고 나머지 한 손으로는 허리춤에 찬 식칼을 빼어 들었다. 치렁치렁한 장발 사이로 쭉 찢어진 눈매가 마치 먹이를 사냥하는 맹수처럼 신중하고 매서웠다. 위험했다. 이번에는 유봄이 식칼을 든 해적의 팔을 다급히 잡았다. 힘으론 상대가 안 되어 유봄은 의도적으로 몸의 균형을 무너뜨리며 오리배를 흔들었다.

결국 유봄은 장발의 해적과 왈츠라도 추는 것처럼 좁은 오리배 위에서 양손을 맞잡고 실랑이했다. 목으로 날아드는 식칼을 피하며 유봄은 총을 빼앗기지 않기 위해 꽉 움켜잡는다는 게 그만 탕! 하고 총알이 격발 되었다. 그리고,

"악!"

외마디 비명소리가 났다.

눈앞의 해적이 낸 소리도 유봄의 비명도 아니었다. 놀랍게도 총구가 향한 방향의 끝에서 해적 선장이 다리를 부여잡고 뒹구는 게 보였다. 발사된 총알이 선장의 다리에 맞은 것 같았다. 소 뒷걸음치다 해적 선장을 잡은 격인가.

"선장님!"

유봄은 붙잡힌 팔의 완력이 느슨해지는 순간을 놓치지 않았다. 갑작스러운 사태에 놀란 장발의 해적이 잠깐 방심한 틈을 타 손을 뿌리치고는 곧바로 그의 머리를 권총 손잡이로 있는 힘껏 내려쳤다.

이 유려하고 단호한 동작은 지난 롯데월드타워의 교훈이라 할 수 있었다.

첫째, 적의 머리를 칠 기회는 두 번 다시 오지 않으니 칠 수 있을 때 사력을 다해 내리칠 것!

둘째, 머리를 치는 것만으로 상황이 끝나지 않으니 곧바로 다음 공격을 이어갈 것!

유봄은 해적을 발로 걷어차 거리를 벌린 후 찰칵 총을 겨눴다. 빠른 어조로 위협했다.

"이 거리에서 쏘면 못 맞히기가 더 힘들지 않을까요?"

머리를 부여잡은 해적이 유봄을 노려봤다. 유봄은 총구를 까딱 흔들며 오리배에서 내리라고 손짓했다. 해적은 유봄에게서 눈을 떼지 않으며 서서히 뒤로 이동했다. 여전히 매서운 눈빛이 살아 있었다. 햇빛이 그의 식칼에 반사되어 번뜩였다. 아직도 기회를 보겠다는 건가? 유봄은 오늘의 교훈을 하나 더 추가했다.

셋째, 망설임은 저승으로 향하는 지름길일 뿐!

"셋 셀게요. 하나, 둘,"

그제야 해적이 바다로 첨벙 뛰어내렸다. 됐다! 단순히 운만으로 반년을 생존한 건 아니라고!

"셋!"

유봄은 군이 해적이 뛰어내린 바다를 향해 경고사격을 한발 더 했다. 실제로 쏠 의지가 있었음을 시위하듯 보여줄 필요가 있었다. 다가오는 다른 해적들에게도 경고의 메시지를 전하려는 것이었다. 하지만 이제 남은 총알은 단 한 발. 이걸로 뭘 할 수 있을까.

"어서 저 여자 잡아 죽여!"

해적 선장이 갈라지는 목소리로 악을 썼다. 유봄은 총을 든 채 긴장을 풀지 않고 주변을 경계했다. 그때 유람선 위에서 바닥에 끌리는 불쾌한 쇳소리가 났다. 아까의 쇠스랑. 하지만 그걸 들고 있는 건 해적 선장이 아니었다. 체 게바라처럼 풍성한 턱수염의 남자. 쇠스랑을 끌고 있는 땅딸막한 체구의 털복숭이 남자를 유봄은 알고 있었다.

"이게 대체 뭐 하는 짓이지?"

해적 선장이 이를 갈았다. 털복숭이는 감정 없는 목소리로 대꾸했다.

"아까 네가 죽인 건 바로 내 동생이야."

쇠스랑 끝이 하늘을 향해 솟구쳐 오르나 싶더니 순식간에 해적 선장을 내리찍었다. 퍽 소리와 함께 선장의 우락부락한 몸이 고꾸라졌다. 통증을 못 이기는 것처럼 쓰러져서 꿈틀거리고 있었지만, 피가 나지 않는 걸로 봐서 뭉툭한 부분으로 때린 것 같았다. 털복숭이는 쇠스랑 끝으로 선장의 몸을 쿡쿡 질렀다.

"널빤지 처형 좋아하시네. 이제 네 차례야. 일어나서 걸어."

선장이 꿈쩍하지 않자, 쇠스랑이 핑그르르 돌더니 다시 퍽 소리를 냈다.

"어서 일어나."

그제야 선장이 다리를 절룩거리며 느릿느릿 일어섰다. 그의 뒤에는 여전히 허공으로 이어진 널빤지가 있었다. 털복숭이 뒤편에는 어느새 수많은 해적이 몰려들었다. 하지만 그들의 선장이 널빤지 앞에서 위협받는 상황에서 섣불리 행동에 나서진 못했다.

"구경났냐? 이놈부터 잡아! 죽이면 보너스!"

선장이 쇳소리를 내며 고함쳤다. 하지만 쇠스랑이 그를 찔렀고 몸을 휘청이며 널빤지 위에 올라서야 했다. 그의 육중한 몸에 널빤지가 크게 흔들거렸다. 여전히 해적들은 섣불리 움직이지 못했다. 결국 선장이 다시 악을 썼다.

"죽이면 그 즉시 부선장 승진!"

유봄은 조금 전 자신을 노리던 장발의 해적이 무서운 속도로 사다리를 타고 유람선 2층에 올라서는 걸 보았다. 털복숭이가 또다시 쇠스랑을 치켜든 순간 장발의 해적이 그의 몸에 돌진해 태클을 걸었고 두 사람이 뒤엉켜 나뒹굴었다.

그 장면이 신호였다. 주변에 있던 모든 해적이 순식간에 털복숭이를 향해 뛰어들었고 고함과 비명 소리가 뒤엉켜 아수라장이 되었다. 일방적인 대치 상황인 줄만 알았더니 털복숭이 편도 제법 있었던 모양이었다. 때리는 자와 말리는 자, 말리는 자를 때리는 자가 마구잡이로 뒤섞여 유람선은 엉망진창이 되었다. 해적들은 패가 갈려 싸우기 시작했고, 다른 배에 타고 있던 해적들마저 유람선에 올라타 싸움에 합류했다.

내분이었다. 장발의 해적이 말리는 해적들을 뿌리치고 이단 옆차기를 했고 털복숭이가 넘어진 그의 위에 올라타 머리통을 물었다. 현실의 전투는 영화 같지 않았다. 순식간에 벌어진 이 모든 사태가 마치 한 편의 블랙 코미디 같았다.

이 장면 어디서 봤더라? 멀어지는 유람선을 바라보던 유봄에게 뜬금없는 기시감이 찾아왔다. 평생 처음으로 한동과 함께 보러 간 야구 경기에서 있었던 벤치 클리어링. 갑자기 양쪽 벤치에 앉아 있던 선수들이 동시에 우르르 몰려나와 육탄전을 벌이던 그 장면. 오래전 야구장에 앉아 치킨을 먹다가 생생하게 목격한 그날의 사건이 느닷없이 떠올랐다. 그날 한동이 하필 함께 보러 간 경기가 이런 경기라서 미안하다고 몇 번이나 사과했었는데…. 이젠 아무도 사과하는 사람이 없네.

이미 유봄은 한참 전부터 오리배의 페달을 밟고 있었다. 유봄은 기회를 놓치지 않는 여자였다.

*

아침저녁으로 날이 제법 선선해질 무렵 유봄은 영등포에 도착했다. 먼 곳의 나뭇잎은 어느덧 단풍으로 곱게 물들어 가고 있었다. 지구 온난화의 시대에도 가을은 어김없이 찾아왔다.

해수면이 거의 옥상까지 찰랑찰랑 차오른 타임스퀘어 간판을 보자 비로소 서울의 지하철 2호선 동쪽 끝에서 서쪽 끝까지 항해했음을 실감할 수 있었다. 지하철을 탔더라면 반나절 만에 도착할 수 있는 거리를 무려 한 계절이 걸려서야 도착하게 됐다.

영등포의 건물 높이들은 도심보다 낮은 것 같았다. 몇몇 큰 건물들을 제외하고는 대부분이 물에 잠겨 있었다. 높은 건물들도 대개 한두 개 층 정도만 수면 위에 올라와 있었는데 그 때문인지 이곳에는 생존자가 별로 없는 것처럼 보였다. 작은 배를 탄 노마드 한둘이 멀리서 경계하며 지나갈 뿐이었다. 고층 건물이 적어 생존자 자체가 적은 것인지 아니면 생존자들이 이곳을 버리고 다른 곳으로 떠나버린 것인지는 알 수 없었다.

영등포에서 맞이한 첫 번째 아침에는 짙은 안개가 유난히 자욱했다. 유봄은 한 치 앞도 보이지 않는 희뿌연 안갯속에서 적당히 하루를 보낼 만한 한적한 건물을 찾아다니고 있었다. 그때 불현듯 안개 사이로 흐릿한 그림자 하나가 나타났다. 마치 망망대해 위에 사람이 홀로 서 있는 것만 같은 형상이었다. 하얀 안개 위에 누군가 먹을 갈아 붓으로 엷게 그림을 그린 것처럼 검게 실루엣만 보이는 그 풍경은 신비롭고 몽환적이었다.

오리배의 페달을 찌그덩대며 조금 더 가까이 다가가니 그림자가 점차 사람의 형체로 변해갔다. 해수면과 비슷한 높이의 건물 옥상, 그곳에 노인이 하나 서 있었다. 하얗게 센 장발과 길게 기른 수염이 마치 옛날이야기에나 나올 법한 산신령처럼 보였다. 꿈인가 싶을 정도로 비현실적인 장면 앞에서 유봄은 숨을 죽였다.

노인은 뒷짐을 지고 유봄이 오는 쪽을 바라보고 있었다. 아주 오래전부터 그 자리에 그러고 있었던 망부석처럼. 순간 유봄은 다른 방향으로 핸들을 돌려 회피해야 하나 고민했다. 하지만 그 노인은 그렇게 위협적으로 보이지 않았다. 잔잔한 파도도 그 건물을 향해 자연스레 오리배를 밀어주고 있었다. 한 폭의 수묵화 같은 신비로운 풍경에 압도되어 '그래서 뱃사공은 산신령을 만났답니다'라는 느낌으로 유봄은 오리배가 그에게 흘러가도록 두었다. 목소리가 들릴 만큼 충분히 거리가 가까워지자, 노인이 입을 열었다.

"유봄아, 기다렸다."

생각지도 못했던 말이었다. 유봄은 미간을 찌푸리고 수염 뒤의 얼굴을 뚫어지게 쳐다보며 예전에 어디선가 만난 적이 있던 사람인지 떠올리려 노력했지만 전혀 짐작 가는 바가 없었다. 게다가 기다렸다니? 자신이 여기에 올 줄은 또 어떻게 알고?

"저를 아세요?"

"아주 잘 알지. 이번이 너를 서른아홉 번째 만나는 거란다."

또다시 유봄은 귀를 의심했다. 서른아홉 번째라고? 유봄은 이 산신령 할아버지를 단 한 번도 만난 기억이 없는데?

하얀 안개로 뒤덮여 모든 것이 흐릿한 비현실적인 풍경. 그 속에서 들려온 노인의 말은 그 풍경만큼이나 뜬구름 잡는 듯 현실감이 없었다.

"배고플 테니 일단 들어와서 이야기하자. 생선을 구우며 널 기다리고 있었단다."

유봄은 생각했다. 악마 같은 군인과 사이코패스 해적, 그다음엔 미치광이 할아버지인가. 예전에 읽었던 어느 자기계발서에서 어떤 사람을 만나느냐가 자신이 어떤 사람인지를 결정한다고 했던 것 같은데, 이쯤 되면 자신에게 뭔가 문제가 있는 건 아닌지 의심해야 할 지경이었다.

'그런데 대체 내 이름은 어떻게 알았을까? 혹시 어딘가에 현상수배라도 되고 있는 걸까?'

생각할수록 수상한 노인이었다. 여전히 경계를 늦출 수는 없었다. 하지만 안개를 타고 고소한 생선구이 냄새가 진동하고 있었기에 입 안에 저절로 고이는 침을 어찌할 수 없었다. 유봄은 침을 꿀꺽 삼키며 생각했다. 위험할 수도 있지만, 일단 그의 이야기를 들어볼 필요는 있겠다고. 그 순간 오리배가 건물 난간에 닿으며 살짝 흔들렸고, 유봄은 마지막 총알이 든 권총과 배낭을 챙겨 오리배에서 풀쩍 뛰어내렸다.

유봄이 오리배를 건물 기둥에 묶을 동안 노인은 이쪽을 가만히 바라보기만 할 뿐 미동도 하지 않았다. 오리배를 단단히 묶는 것을 확인한 노인은 아무 말 없이 몸을 돌려, 천천히 통유리로 된 출입문을 열고 건물 안으로 사라졌다. 유봄이 보기에 이곳은 본래 회사 사무실 같은 것으로 사용되는 빌딩 옥상에 조성된 정원처럼 보였다.

잔뜩 경계하며 유리문 안으로 따라 들어오는 유봄을 확인한 후에도, 노인은 적절한 거리를 유지하며 세심하게 한 걸음씩 앞서 걸어갔다. 마치 유봄이 어차피 자신을 따라오리라는 것을 알고 있는 듯했다.

노인을 따라 모퉁이를 돌아선 순간, 유봄은 두 눈을 의심했다. 마치 구내식당처럼 보이는 넓은 공간의 중앙 테이블 위에는 휴대용 가스버너가 있었고 그 위에는 프라이팬에 노릇노릇 잘 구워진 생선이 있었다. 뿐만 아니었다. 버너 앞에는 모락모락 김이 나는 하얀 쌀밥과 참치 통조림, 햄과 김이 놓여 있었다. 해수면 상승 이후 처음 보는 진수성찬이었다. 지금 세상에서는 군인들조차도 이만큼 호화로운 음식을 쉽게 구할 수 없었다. 마음 같아서는 오늘 여기서 죽게 되더라도 당장 달려가 저 모든 음식을 흡입하고 싶었지만 애써 평정심을 되찾으려 노력했다. 동화 속 헨젤과 그레텔을 유혹한 마녀의 과자집처럼 이 모든 게 너무도 수상했다.

유봄은 물었다.

"당신은 대체 누구죠?"

"내 이름은 추월이야. 호칭은 편한 대로 부르면 돼."

아무 의미 없는 대답이었다. 이름이 궁금한 게 아니었다.

"어떻게 제가 올 걸 알고 있었던 거죠?"

"정확히 1년 전에도 이곳에서 봄이 널 만났으니까."

"저는 할아버지를 만난 기억이 없는데요?"

"그래. 너는 기억이 없겠지. 일단 의자에 앉거라. 지금은 아직 나를 믿지 못할 테니 먼저 너에 대해 이야기부터 해주마."

"네? 저에 관한 이야기라고요?"

노인은 밥상에 앉아 유봄에게 맞은편에 앉을 것을 권유했다. 식탁 주변에는 어떤 장치도 무기도 보이지 않았지만 신중하게 의자를 빼고 앉을 수밖에 없었다. 유봄이 조심스럽게 앉는 것을 기다린 후 노인은 이야기를 시작했다. 그건 놀랍게도 정말 유봄에 관한 이야기였다. 지난봄부터 지금까지 유봄이 겪어온 일들에 관한 이야기. 노인은 아차산의 춘식 씨와 개나리 가족, 롯데월드타워의 모기철 대위와 하수진 중위, 63빌딩의 무서운 해적들까지 오직 유봄만이 알 수 있는 일을 마치 CCTV로 지켜보기라도 했던 것처럼 이야기했다.

'이 사람, 혹시 그 옛날 아차산에서 죽었다는 용한 점쟁이가 환생이라도 한 건가.'

"과학자야. 점쟁이가 아니라."

노인은 마치 유봄의 마음을 읽기라도 한 것처럼 말했다. 하지만 정작 유봄은 과학자라는 직업 소개에 더 큰 충격을 받았다. 과학자라고 하기에는 외모상의 이질감이 컸다. 노인은 오히려 '반지의 제왕'에 등장하는 간달프나 '해리 포터'의

덤블도어 교수에 가까운 행색을 하고 있었다. 자신을 과학자라고 소개한 마법사는 더욱 충격적인 주장을 이어갔다.

"이 세계의 1년은 무한히 반복되고 있어."

"네?"

"쉽게 말해 내년 봄은 절대 오지 않아. 이번 겨울이 지나면 다시 1년 전의 봄으로 모든 게 리셋(reset)되지. 그리고 처음부터 똑같은 삶을 반복하게 돼. 다만 사람들이 그것을 인식할 수 없을 뿐이야. 기억까지 모두 리셋되니까."

이건 또 무슨 미치광이 철학자 니체의 '영원회귀' 사상 같은 소리인가? 이제 무한히 되풀이되는 인생에 대한 절망과 현재의 삶에 대한 역설적 긍정을 깨달으면 되는 건가요, 차라투스트라 님? 유봄은 궤짝에 갇힌 생쥐가 된 심정으로 생각했다.

"과학자야. 철학자가 아니라."

노인은 이번에도 유봄이 무슨 생각을 하는지 이미 알고 있는 것처럼 말했다.

갑자기 노인이 자리에서 일어났다. 그는 등 뒤에 있던 상자에서 물건을 하나 꺼내더니 식탁 위에 올렸다. 그 물건을 본 유봄은 즉각 자리에서 튕기듯 일어났다. 자기도 모르게 노인의 이마에 권총을 겨누고 있었다. 노인이 꺼낸 물건은 유봄이 가진 것과 똑같은 모양의 권총이었다. 노인은 유봄이 총을 겨누고 있다는 것에 전혀 개의치 않고 태연하게 설명을 이어갔다.

"하지만 매번 완전히 똑같은 삶을 사는 건 아니더라고. 지난번처럼 남아 있는 총알이 하나도 없을 때도 있었고, 그전에는 보통 한 발. 이번에도 총알이 한 발 들어 있니?"

노인은 계속해서 눈에 익은 식칼을 테이블 위에 올렸다. 63빌딩 앞에서 오리배에 올라타 자신을 죽이려 한 장발의 해적이 들고 있던 식칼이었다.

"총알이 다 떨어졌을 때는 이 식칼을 가지고 오더라고. 너를 공격한 그 해적을 마지막 한 발로 쏘아야만 하는 상황이 생기는 모양이더구나."

그 뒤로도 노인은 유봄의 물건을 계속해서 올려놓았다. 유봄이 입고 있는 원피스, 잃어버렸던 잠자리채, 전원이 꺼져버린 휴대전화, 지갑과 스타벅스 텀블러 등. 유봄은 그 모든 물건을 바라보면서 '역시 마법사였나' 같은 스스로 생각하기에도 멍청한 말을 차마 입 밖으로 꺼내지도 못한 채 입술만 뻐끔거렸다. 하지만 노인이 화분을 꺼냈을 때는 소리를 지르지 않을 수 없었다.

"봄순아!"

깨지지도 않고 짓밟히지도 않은 봄순이가 그곳에 있었다.

"네가 반복해서 이곳을 방문했다는 증거야. 이제 나를 좀 믿을 수 있겠니?"

유봄은 한참 동안 아무 말도 하지 못했다. 다만 노인의 이마를 겨눴던 권총은 천천히 거두었다. 틀림없이 저 물건들은 유봄의 물건들이었고, 저 화분에 담긴 식물은 유봄이 보살피던 봄순이였다. 그리고 노인은 유봄의 과거에 대해 유봄 자신보다도 더 잘 알고 있었다.

노인의 정체는 여전히 미심쩍었지만, 이 세상에 무언가 유봄의 상식으로 이해할 수 없는 현상이 발생하고 있는 것만은 분명했다.

"당신 말대로 이 세계의 1년이 리셋된다면 어째서 당신에게는 기억이 남아 있는 거죠?"

"그건 조금 긴 얘기란다. 더 식기 전에 밥을 먹으면서 들어주면 안 되겠니?"

손주에게 밥을 권하는 할아버지처럼 자상한 말투였다. 이쯤 되면 못 이기는 척 밥을 먹어도 되겠다는 생각이 들었다. 참을 만큼 참았잖아? 유봄의 손이 더 이상 절제하지 못하고 밥을 한 숟가락 뜨고 있었다. 생선구이를 한 점 올려 입 안에 넣고 삼키는 순간 마음속 팽팽하던 경계심이 눈 녹듯 사라져버렸다. 그야말로 천상의 맛이었다. 심지어 햄과 김이 아직 유봄을 기다리고 있었다. 따뜻한 흰밥에 햄과 김은 진리지. 이걸 먹고 마녀에게 잡아먹힐 위기에 처하는 한이 있더라도 지금은 먹어야겠다.

마침내 봉인이 해제된 유봄이 허겁지겁 먹는 모습을 흐뭇하게 바라보던 노인이 나직한 말투로 이야기를 들려주기 시작했다.

＊

추월이라는 이름의 노인이 들려준 이야기는 기묘했다.

그는 현재 지구의 바다가 거미줄 모양이라고 했다. 아마 중심부에서 바깥쪽으로 동심원을 그리며 방사형으로 뻗어나가는 형태일 것이다. 사람의 눈에 보이지 않는 거미줄은 바다와 바다를 나누는 경계선 역할을 했다. 그리고 오직 가로줄과 세로줄이 만나는 지점에서만 그 경계선을 맨눈으로 확인할 수 있다고 했다.

"나는 그걸 파도의 모서리라고 불러. 이제 곧 너도 파도의 모서리를 볼 수 있게 될 거야."

하나의 바다가 다른 바다와 만나는 가장자리, 즉 모서리에서는 파도가 잘려 있는 것을 직접 눈으로 볼 수 있다는 것이 그의 주장이었다. 파도가 잘려 있다니! 말도 안 되는 망상 같은 얘기였다. 정말 이 사람은 미치광이 과학자인가?

"미치광이는 그만 빼줄래?"

노인은 이번에도 유봄이 말을 꺼내기도 전에 이미 유봄이 하려는 말을 알고 있는 것 같았다. 서른여덟 명의 유봄 중 마음속의 말을 실제로 내뱉은 유봄들도 많이 있던 모양이었다.

"매년 파도의 모서리를 탐사하러 가는 탐사조가 있어. 봄에 조사를 시작해서 겨울에 마치고 돌아오게 되어 있지. 탐사조가 발견한 모서리들의 위치를 지도에 표시하면 완벽한 방사형의 거미줄 모양이 만들어지게 돼. 수학적으로 한 치의 오차도 없이 정확히 있어야 할 좌표에서 모서리가 발견되더군."

노인은 커다란 서울 지도를 식탁 위에 펼쳐 보였다. 지도 곳곳에는 빨간색 X자 표시가 선명하게 그려져 있었다. 노인은 표시를 한 곳들이 바로 파도의 모서리가 관측된 지점이라고 말했다. 과연 표시된 지점을 선으로 연결하면 서울시 전체보다도 광활한 거미줄 모양이 지도 위에 선명하게 드러났다.

"모서리는 일종의 다중우주로 연결되는 차원의 경계선이라고 할 수 있어. 이곳에서는 시간을 되돌릴 수 있지. 그리고 중심부에 가까이 갈수록 되돌릴 수 있는 시간이 늘어나게 돼. 그 늘어나는 비율이 일정해서 수학적인 계산이 가능했지. 과학자라면 누구나 숫자를 보면 계산을 해보는 법이거든. 결론적으로 이곳 영등포의 모서리가 하루의 시간을 되돌릴 수 있다면,"

노인은 지도의 한 지점을 손가락으로 가리켰다.

"여기 중심부에서는 정확히 8,765시간 48분 46초, 그러니까 1년을 되돌릴 수 있을 것으로 추정돼."

그가 가리킨 중심부의 위치는 놀랍게도 잠실의 롯데월드 타워였다.

'내가 간 곳이 다중우주로 연결되는 핫 플레이스였던 거야? 좋아요, 대표님. 그럼 전 이제부터 외계 생명체들에게 지구의 잠실 관광을 홍보하는 사업을 함께 시작하면 되는 건가요?'

물론 유봄이 실제로 입 밖에 낸 말은 좀 더 이성적인 것이었다.

"그걸 어떻게 알 수 있었죠?"

노인은 손가락으로 자신의 손목시계를 톡톡 가리켰다. 날짜 표기가 되어 있는 전자시계였다.

"실험을 여러 번 해봤어. 이곳에 표시한 파도의 모서리 여러 곳에서. 시계 하나는 과거로 가져가고, 나머지 하나는 현재에 남겨두는 거지."

유봄은 그 말을 듣고 갑자기 의문이 생겼다.

"그 손목시계의 시간은 과거로 돌아가지 않나요?"

"일단 과거로 돌아간다는 개념부터 엄밀하게 다시 정의할 필요가 있어. 파도의 모서리에서 시간을 되돌린다는 건 우리가 흔히 생각하는 타임머신처럼 과거의 어느 시점으로 뿅하고 이동하는 게 아니야. 물리학적으로 설명하자면, 과거의 특정 순간을 그대로 복제한 다중우주를 새롭게 만들어내는 방식이지. 중요한 건 그때 다중우주를 만들어내는 주체, 즉 파도의 모서리에 서 있는 존재는 복제되지 않는다는 거야. 그래서 과거의 자신과 마주치는 일 같은 타임 패러독스(Time Paradox)는 절대 일어나지 않아. 자신을 제외한 나머지 세상만 통째로 복제되는 거니까. 심지어 다른 누군가가 시간을 되돌릴 때조차, 파도의 모서리에 서 있던 나는 복제되지 않았어. 그러니까 나는 매년 2월 16일, 세상이 리셋되는 바로 그 순간에 항상 이 모서리에 서 있었기 때문에 기억을 잃지 않을 수 있었던 거야."

갑자기 이어지는 복잡한 설명에 유봄은 미간을 찌푸렸다. 노인은 미소를 지으며 친절한 설명을 덧붙였다.

"쉽게 말하면 인터넷 창의 새로고침 같은 개념이야. 새로고침을 한 사람만 자신이 이 세계를 새로고침했다는 기억과 상태를 유지하고 있고, 새로고침을 당한 세계는 모든 기억과 기록이 사라지는 거지."

무슨 말을 하고 싶은지는 대충 알겠다. 알긴 알겠는데 유봄은 여전히 이게 무슨 말 같지도 않은 소린가 싶었다.

"아니, 대체 누가 세상을 계속 새로고침하고 있는 거예요?"

"그건 나도 몰라. 중요한 건 그 일이 실제로 일어나고 있다는 거지."

잠깐 손목시계를 바라보던 노인이 자리에서 일어나며 말했다.

"그럼 이제 파도의 모서리를 직접 보러 갈 시간이야."

노인은 따라오라는 듯 일어나더니 자연스럽게 걸어갔다. 그는 비상구 표지판이 달려 있는 철문 앞에 멈춰 서서 뒤돌아 유봄을 바라보았다. 그곳은 건물의 비상계단으로 이어지는 입구였다. 유봄은 권총을 들고 자리에서 일어났다. 하지만 처음과 같은 긴장감은 없었다. 노인이 그리 나쁜 사람 같진 않았고, 무엇보다 배가 든든했다.

'그러니까 그 다중우주의 경계선인지 뭔지 하는 것을 직접 보여준다는 거지?'

이제 이 사람이 미친 건지 이 세계가 미친 건지 확인할 시간이었다. 유봄은 노인을 따라 철문 앞에 섰다. 끽, 하는 묵직한 금속 마찰음과 함께 노인이 철문을 열자 아래층으로 이어지는 비상계단이 보였다. 계단 자체는 여느 건물에서나 볼 수 있는 평범한 비상계단이었다. 다만 몇 계단 아래에는 검푸른 바닷물이 가득 차 있어 더 이상 내려갈 수 없었다.

'어쩌라는 거냐?' 하는 표정으로 노인을 빤히 쳐다보고 있자 노인은 저절로 닫히는 철문을 유봄에게 받치도록 한 뒤혼자서 계단을 내려갔다. 노인의 허리께까지 물에 잠겼을까. 그는 고여 있는 물을 두 팔로 힘껏 휘저었다. 수면에 파도가일었다.

출렁이는 물결 속에서 유봄은 아주 선명하게 그것을 '관측'할 수 있었다.

파도가 잘렸다. 그렇게밖에 설명할 수 없었다. 시각적인상식을 완전히 뒤엎는 충격적인 장면이었다. 마치 허공에 투명하고 매끈한 유리 벽이라도 존재하는 듯했다. 유봄은 아쿠아리움에서 유리 벽 너머를 바라보는 것처럼, 파도의 잘린 단면을 생생하게 볼 수 있었다. 네 개의 바다가 만나는 지점은 뚜렷한 '+'자 모양으로 나뉘어 신기하게도 바닷물이 서로의 경계선을 넘지 못하고 있었다. 바다에 모서리가 있다는 건 이상했지만, 유봄의 눈앞에 펼쳐진 건 분명히 모서리였다. 정작 노인은 그 투명한 경계선에 전혀 구애받지 않는듯 자유롭게 이곳저곳을 넘나들며 손짓으로 파도를 일으키고 있었다.

"바로 이곳에서 지나간 하루를 다시 시작할 수 있어."

노인의 목소리에 유봄은 정신이 돌아왔다. 하루하루 생존하기조차 힘겨웠기에 굳이 지나간 하루를 다시 시작하고 싶지는 않았지만 그래도 방법이 궁금했다.

"어떻게 하면 되죠?"

"모서리를 손으로 잡으면 어떻게 해야 하는지 저절로 알수 있게 돼. 다만 모서리 중앙에 네 몸이 위치하도록 하는 것을 잊지 마."

"왜요?"

"매번 과거로 가는 실험을 할 때 어느 반경까지 기억이 유지될 수 있는지 궁금했거든. 그런데 모서리 중앙에서 벗어난 실험을 한 기억이 없는 걸로 봐서, 일정 반경을 벗어난 실험을 했던 우주에서는 내 기억이 리셋됐을 가능성이 높다고 생각해."

이상한 얘기였다. 기억이 없다고 리셋을 의심해야 하다니. 유봄은 그 사실을 지적했다.

"궁금해하기만 했을 뿐 아직 실험을 안 한 것일 수도 있잖아요?"

하지만 돌아온 대답은 단호했다.

"과학자는 궁금한데 실험을 안 하는 일은 없는 족속이야."

그때였다. 건물 바깥에서 심상치 않은 소음이 들려왔다. 여러 사람들이 소란스럽게 떠드는 목소리였다. 유봄이 슬쩍 내다보니 낯익은 해골 문양이 그려진 돛이 눈에 들어왔다. 틀림없이 유봄의 오리배를 발견하고 건물 안까지 쫓아온 해적들이었다. 그들은 벌써 배에서 내려 유리문 앞에 다가서고 있었다. 유봄은 재빨리 권총을 장전하고 방아쇠에 손가락을 걸었다. 바로 그 순간 어느새 곁에 다가온 노인이 살며시 손을 들어 유봄의 총구를 아래로 내렸다. 영문을 몰라 의아한 표정으로 쳐다보는 유봄에게 노인이 나지막한 목소리로 말했다.

"봄아, 내가 나가볼 테니 너는 무슨 일이 있더라도 여기 이 자리에 그대로 있어야 한다. 절대로 밖으로 나와선 안 돼. 그리고,"

노인은 유봄과 눈을 맞추며 뜸을 들인 뒤 굳이 한마디를 덧붙였다.

"파도의 모서리를 꼭 기억해야 해."

노인이 유리문 밖으로 모습을 드러내자 해적들은 곧바로 저 오리배가 어디서 났느냐며 시비를 걸기 시작했다. 유봄을 죽이려 했던 헝클어진 장발의 미역 머리 해적도 그 무리 속에 섞여 있었다. 노인은 그 오리배가 바람에 밀려 저절로 떠내려 오는 바람에 우연히 얻게 된 것이라고 둘러댔지만, 해적들은 유봄을 어디 숨겼는지 집요하게 추궁했다. 하지만 노인이 끝까지 모르는 일이라며 완강하게 부인하자, 해적들도 더 이상 어쩔 수 없다는 듯 돌아서는 것처럼 보였다.

하지만 다음 순간, 미역 머리 해적이 노인에게 달려들어 식칼로 무자비하게 찌르기 시작했다. 식칼이 몸에 꽂혔다 뽑힐 때마다 사방으로 붉은 핏방울이 튀었다. 갑자기 벌어진 끔찍한 광경에 유봄은 저도 모르게 비명을 지를 뻔했지만 가까스로 숨을 틀어막았다. 온몸을 칼날에 난자당한 노인은 그 자리에서 즉사한 듯 맥없이 무너져 내렸고, 더 이상 움직이지 않았다. 유봄은 손을 덜덜 떨면서 다시 권총을 들었다. 단 한 발로 저들을 상대해야 하는 절망적인 상황이었다.

"여기 전부 샅샅이 뒤져!"

미역 머리 해적이 외치는 소리를 들으며 유봄은 마음을 가다듬었다. 괜히 나섰다가 끔찍한 변을 당한 노인에 대한 죄책감과 원망으로 마음이 복잡했다. 서른아홉 번째 1년을 반복하고 있다더니 고작 이런 일 하나 예측을 못 하는 건가!

그때 유봄의 뇌리에 어떤 생각이 하나 스쳤다. 지금까지 노인은 유봄에게 자신의 주장에 대한 증거를 보여주기 위해 노력했다. 그리고 마지막 순간까지 파도의 모서리를 기억하라고 했다. 만약 노인의 말이 거짓말이 아니라고 믿는다면?

다음 순간 유봄은 다시 철문을 향해 뛰었다. 벌컥 철문을 열고 비상계단으로 내려가 고여 있는 바닷물에 첨벙 뛰어들었다. 쿵! 철문이 저절로 닫히는 소리가 밀폐된 공간에 울렸다. 아마 곧 해적들이 쫓아오리라. 유봄은 앞이 보이지 않는 암흑 속에서 파도의 모서리를 찾았다.

'대체 어디 있는 거야?'

철컹. 그때 철문이 열렸다. 쫓아온 해적들이었다. 미역 머리 해적이 피가 뚝뚝 떨어지는 식칼을 들고 입꼬리를 올리며 말했다.

"여기 있었네!"

사실 해적이 한 말은 유봄도 하고 싶은 말이었다. 철문이 열리며 빛이 들어오자 곧바로 파도의 모서리를 발견할 수 있었다. 유봄은 파도의 잘린 단면을 손으로 움켜쥐었다.

*

그 순간 유봄은 어떤 차원과 연결되었다. 그곳에는 무수한 시간들이 공간처럼 존재했고 그것은 모두 하루 전의 시간이었다. 유봄은 그 어느 곳이든 옮겨 다닐 수 있었고 그 어느 곳에서든 그곳의 하루를 복제하여 새로운 하루의 주인이 될 수 있었다. 유봄은 그중 하나의 시간으로 한 걸음을 내디뎠다.

*

유봄은 오리배를 타고 영등포로 접어들고 있었다. 이제 날이 제법 선선했다. 먼 곳의 나뭇잎은 어느덧 단풍으로 곱게 물들어 가고 있었다. 지구 온난화의 시대에도 가을은 어김없이 찾아왔다.

유봄은 영등포의 랜드마크인 타임스퀘어의 간판을 보았고, 작은 배를 탄 노마드 한둘이 멀리서 경계하며 지나가는 모습을 보았다. 유봄은 마치 미래를 다녀온 꿈을 꾼 것처럼 하루 전으로 돌아왔다. 사실 하루 뒤가 꿈인지 하루 전이 꿈인지조차 알 수 없었다. 현실과 환상이 뒤섞인 마법 속에 들어온 것 같은 기묘한 기분으로 유봄은 하루를 다시 살아냈고, 다음 날 아침 안개가 자욱한 건물들 사이에서 눈을 떴다. 그리고 거짓말처럼 노인을 다시 만났다.

"유봄아, 기다렸다."

유봄은 아무 말 없이 오리배를 건물 기둥에 묶고 노인에게 다가갔다. 그리고 해명을 요구하는 표정으로 팔짱을 낀 채 노인을 조용히 노려봤다.

"아, 이건 두 번째 유봄이로군."

다시 살아난 노인이 태연하게 말했다.

"이걸로 내 말이 헛소리가 아니라는 증명은 충분히 된 거지?"

어처구니가 없었다. 유봄은 노인에게 삿대질을 하며 버럭 소리를 질러버렸다.

"뭐 이렇게 무식한 증명이 다 있어요? 지금까지 대체 몇 번이나 죽은 거예요?"

노인은 유봄이 화내는 것조차 예상했다는 듯이 천연덕스럽게 대꾸했다.

"내 기억을 기준으로 얘기하자면 너를 처음 만날 때부터 죽기 시작했으니 최소한 서른아홉 번은 죽은 셈이지. 그래도 꽤 죽을 만해. 왜냐하면 '죽은 나'는 어차피 또 다른 다중우주의 '나'이기 때문에 정작 '나'는 죽은 기억이 없거든."

정말 이 노인이 과학자인지 철학자인지 모르겠지만, 적어도 미치광이인 것만은 틀림없다고 생각했다. 정신세계의 기반 자체가 완전히 다른 사람과 대화로 실랑이하는 것은 무의미했다. 그래서 유봄은 두 사람이 당면한 문제에 대해 지적하기로 했다.

"좋아요. 그럼 일단 해적 문제부터 해결하죠. 그들을 막을 방법은 있나요?"

"간단해. 오리배를 바다에 떠내려 보내면 해적들은 오지 않아. 그들은 오리배를 발견하고 쫓아오는 거니까. 이건 서른여덟 번의 실험을 통해 검증된 사실이야."

"뭐라고요? 오리배를 떠내려 보낸다고요?"

유봄은 비명에 가까운 괴성을 질렀다. 지금까지 유봄과 생사고락을 함께한 생명줄과도 같은 오리배였다. 노마드에게 '배'란, 집이자 종교이자 우주 그 자체였다. 이 정신 나간 과학자가 대체 뭐라고 지껄이는 거야? 발끈한 유봄이 온갖 비난과 심한 말을 쏟아내려고 하는데 노인이 먼저 말을 잘랐다.

"자세한 얘기는 생선구이부터 먹으면서 하는 게 어떨까?"

유봄은 찬성했다. 이 와중에도 배는 어제처럼 고팠고 공기 중에 진동하는 생선구이 냄새는 견딜 수 없이 유혹적이었다. 오늘도 김과 햄, 그리고 따뜻한 쌀밥이 있겠지? 유봄은 입맛을 다시며 생각했다.

'이 노인네 완전 프로 가스라이터인데?'

＊

어제 먹었던 음식과 완전히 똑같은 음식을 오늘 다시 먹게 된다면 그게 아무리 맛있는 음식이더라도 전날보다 감흥이 덜하거나 조금은 질리지 않을까? 매일 무얼 먹을지 고민할 수 있었던 현대인이라면, 오늘은 어제와 다른 걸 먹고 싶다는 생각은 지극히 자연스러운 것이었다. 풍요로운 정착민 시절의 유봄도 그랬으니까.

하지만 유봄은 이제 노마드였다. 서울 바다를 표류하는 노마드라면 누구나 안다. 어제 먹었던 것과 똑같은 걸 오늘도 먹을 수 있다는 게 얼마나 기적 같은 일인지. 음식이 질린다는 건 생존이 보장된 안정적인 세계를 살아가던 정착민들의 철없는 투정에 불과하다는 걸. 생존은 당연한 게 아니라는 걸. 하루에 세 끼를 먹는다는 게 얼마나 감사한 일인지 유봄은 매 순간 뼈저리게 느끼고 있었다.

어제처럼 노릇노릇 구워진 생선과 따끈따끈한 흰 쌀밥을 다시 만난 유봄은 행복했다. (사실은 같은 날이었지만) 이틀 연속 훌륭한 식사를 할 수 있음에 감사했고, 오히려 전날 허겁지겁 먹어 치우느라 충분히 음미하지 못했던 섬세한 맛을 혀 끝에서 하나하나 발견하는 감동이 있었다. 노인은 그 모습을 흐뭇한 표정으로 바라보다가 과거로 돌아온 두 번째 유봄을 위한 설명을 시작했다.

"무한히 반복되는 1년은 2월 16일, 그러니까 종말의 빙하가 완전히 녹아내린 순간부터 시작돼."

노인은 구내식당 벽에 달린 새까만 TV 화면을 가리켰다.

"나는 빙하가 녹았다는 뉴스를 보면서 정확한 날짜와 시간을 확인하지. 그런 다음 엘리베이터를 타고 1층으로 내려가 준비를 시작해. 지난 1년간 부족했던 정보와 자료를 보완하고 도서관에서 필요한 책을 챙기는 거야. 그 후에는 마트와 여러 가게를 돌며 1년 동안 먹을 식량과 생존에 필요한 도구들을 확보해 둬. 그러다 마침내 해일이 시작되면 곧바로 이

건물 지하에 주차한 뒤 짐을 들고 옥상으로 올라오는 거야."

담담한 말투가 마치 연례행사를 준비하는 것처럼 익숙해 보였다.

"그래서 무려 가스버너까지 챙겨놓을 수 있었던 거군요."

그런 방식으로 파도의 모서리를 이용할 수 있을 거라고는 생각지도 못했는데 기발한 착상이었다. 게임으로 치면 치트 키(Cheat Key)인 셈이었다. 그런데 유봄은 노인의 행동에서 무언가 마음에 걸리는 게 있었다.

"제 기억이 맞다면 종말의 빙하가 녹고, 해일이 바로 오진 않았는데요?"

"그래. 딱 한 달이 걸렸지. 지구가 물에 잠기기까지는."

그거였다. 노인에게는 무려 한 달이라는 시간이 있었다. 만약에 곧 종말이 온다는 걸 알게 된 사람이 한 달간 치트 키 를 쓸 수 있게 된다면 무엇을 해야할 것인가. 하지만 유봄이 말을 꺼내기도 전에 노인이 고개를 천천히 좌우로 내저었다.

"무슨 생각을 하는지 알아. 해일을 막을 순 없었을까. 아니 면,"

"해일을 막지 못하더라도 최소한 한 사람이라도 더 구할 순 없었을까."

유봄은 노인이 꺼낸 말을 대신 끝맺었다. 그 말에는 숨길 수 없는 의문이 담겨 있었다. 왜 그 많은 이들이 죽도록 내버려 됐는가. 왜 군대와 해적, 산적이 득세하는 야만적인 시대가 오는 걸 막을 수 없었는가.

"구할 수 있지. 나도 처음 여러 해 동안은 필사적으로 사람들을 구하려고 애썼어. 하지만 그 어떤 정부 기관도, 심지어 가장 비관적인 과학자들조차도 고작 1개월 뒤에 인류를 집어삼킬 끔찍한 해일이 온다는 내 말을 믿지 않았어. 그렇게 미친 사람 취급을 받으면서도 수백 명의 사람들을 이끌고 안전지대에 올라 해일에서 구해본 적도 있었어. 하지만 그들은 결국 나와 함께 과거로 돌아갈 수가 없었기 때문에, 내가 열 번을 구하든 스무 번을 구하든 아무런 소용이 없다는 걸 깨달았지."

주먹을 쥔 노인의 목소리에 깊은 회한이 묻어났다.

"나는, 영웅이 아니야."

"함께 과거로 돌아갈 수가 없다고요?"

"그래. 파도의 모서리를 이용해 과거로 돌아갈 수 있는 건 단 한 사람, 모서리를 사용하는 주체야. 그러니 결국 2월 16일이 되어 1년이 다시 시작되면 내가 구한 사람들은 처음과 똑같은 상태로 돌아가서 죽음을 맞이하게 되지. 내가 돌아간 과거에서 만날 수 있는 건 '내가 구하기 전의 사람들'뿐인 거야. 그러니까 그들을 구하는 건 이 문제를 근본적으로 해결할 수 있는 해답이 아니야. 영원히 반복되는 죽음의 굴레를 벗어나려면 이 악순환의 고리를 끊어내야만 해."

노인이 결연한 표정으로 자리에서 일어났다. 식당 밖으로 걸어 나가는 뒷모습이 어딘가 쓸쓸해 보였다. 지난해 목격했던 죽음을 올해도 똑같이 목격해야 하는 건 어떤 기분일까? 조금은 무뎌질까. 아마도 그렇지 않을 것이다. 그렇다면 저 허망한 뒷모습은 몇 년 동안 몇 번이나 반복해 온 걸까? 유봄은 식탁을 치며 벌떡 일어났다.

"더 중심부에 있는 모서리에서 과거로 돌아간다면요?"

노인이 멈칫했다. 고개가 살짝 뒤로 향했다.

"해일이 일어나자마자 가장 중심부의 모서리로 가서 1년을 더 되돌린다면요? 빙하가 무너지는 걸 막진 못하더라도 설득할 시간이나 대비할 시간을 더 많이 벌 수 있지 않을까요?"

"해봤는데 안 돼. 그 어느 모서리에서도 2월 16일보다 이른 시점으로 돌아갈 수는 없었어. 아마도 그날이 모든 일의 시작점인 거야. 물론 추가적인 다른 실험을 해볼 수도 있겠지만 이제 나에게는 남은 시간이 별로 없어. 이 무한히 반복되는 지옥 같은 1년을 벗어나기 위해서는 선택과 집중을 해야만 해."

무한히 시간을 되돌릴 수 있으면서 정작 자신에게 남은 시간이 별로 없다니? 유봄은 노인의 말에 무언가 모순이 있다고 느꼈다.

"설마, 시간을 되돌렸을 때 몸은 되돌아가지 않는 건가요?"

결국 뒤를 돌아본 노인은 고개를 끄덕였다. 질문이 다소 이상했지만, 노인은 이미 유봄이 무엇을 묻는지 알고 있는 것 같았다.

"시간을 되돌린다는 건, 되돌리는 주체를 제외한 나머지 세계 전부가 과거의 시간대로 돌아간다는 거야. 이때 시간을 되돌린 주체는 미래의 상태에 머물러야 하지. 함께 과거로 돌아가 버리면 '기억이 지워지는 것'과 마찬가지니까. 그리고 과학적으로 새삼 확인하게 된 거지만 인간의 의식은 결코 몸에서 분리될 수 없어. 몸이 미래의 몸 그대로 남아있어야 미래의 기억도 남아있을 수 있는 거야. 결국 파도의 모서리에 남아있다는 것은 세상이 모두 초기화될 때 혼자만 초기화되지 않고 늙어간다는 뜻이지."

"그러니까 타임머신을 타고 과거로 가는 셈이군요."

"유봄이 너는 늘 그런 식으로 이해하더구나. 정확한 개념은 아니지만 편한 대로 이해하거라."

"왜 이런 일이 벌어지는 거죠?"

"솔직히 말해 왜 벌어지는지는 알 수 없어. 우리는 다만 벌어지고 있는 일을 분석할 수 있을 뿐이지."

거기까지 들은 유봄은 골똘히 생각에 잠겼다. 노인도 이야기를 중단했다. 유봄에게는 생각을 정리할 시간이 필요했다. 하지만 노인에겐 그리 넉넉한 시간이 남아있지 않은 듯했다. 손목시계를 슬쩍 확인한 노인은 서둘러 유리문을 열었다.

"또 죽고 싶진 않군. 이제 저 오리배를 떠내려 보내야겠어."

그 말을 듣는 순간 유봄은 깨달았다. 여전히 오리배를 보낼 마음의 준비가 안 되어 있다는걸. 물론 해적들이 다시 찾아와 어제의 그 끔찍한 장면을 재현하는 걸 보고 싶은 마음도 없었다. 그건 다시는 경험하고 싶지 않은 악몽 같은 광경이었다. 노인은 오리배를 묶은 밧줄 끝을 풀더니 뒤따라온 유봄에게 건넸다. 스스로 보내라는 뜻이었다. 유봄은 밧줄을 움켜쥔 뒤 손에 한 바퀴 감았다.

"떠내려 보낸 뒤에는요? 대책은 있는 거겠죠?"

"한 가지 가설이 있어."

노인은 유봄이 질문하길 기다렸다는 듯이 차분하게 설명을 시작했다.

"먼저 확실히 알 수 있는 건, 종말의 빙하가 녹기 전에는 파도의 모서리라는 이상 현상이 지구상 어디에서도 발견되지 않았다는 거야. 더 이상 찾을 논문과 자료가 없을 만큼 모조리 뒤져봤지. 그리고 아까도 말한 것처럼 그 어떤 모서리에서도 2월 16일보다 빠른 시간대로는 돌아갈 수가 없어. 즉, 이 현상은 종말의 빙하가 녹은 뒤에 생겨난 거야. 그렇다면 자연스럽게 떠올릴 수 있는 합리적인 추론은, 빙하가 녹으면서 그 아래 동결되어 있던 무언가가 깨어났다는 거야. 그게 뭔지는 아직 모르지만, 시간을 복제하는 것으로 봐서 4차원적 형태의 생명체와 같은 존재일 수 있어."

"4차원 생명체요?"

갑자기 이건 또 무슨 안드로메다 은하로 멍멍이들이 날아가는 소리인가?

"인간은 3차원 생명체이기 때문에 지구의 '공간'을 점유하면서 증식해 왔다면 이 4차원 생명체는 지구의 '시간'을 점유하면서 증식하는 거야. 말하자면 시간을 복제해서 새로 생성하는 게 이 생명체의 번식 방법인 셈이지. 믿기 어렵겠지만 그 결과물을 넌 이미 봤어."

유봄은 미간을 찌푸렸다. 노인의 주장은 직관적으로 받아들이기 어려웠고 증거도 없었다. 하지만 노인의 말처럼 유봄은 파도의 모서리에 동일한 시간의 더미들이 겹겹이 쌓여 있는 걸 이미 봤다. 만약 파도의 모서리를 직접 경험하지 못했다면 노인의 말을 이해하기 어려웠을 것이다. 노인은 아무런 근거 없이 허황된 소리를 떠드는 게 아니라 정확히 파도의 모서리에서 경험한 것을 토대로 가설을 세우고 있었다.

"이 4차원의 세계에서는 시간이라는 것도 결국 이동할 수 있는 하나의 좌표에 불과해. 우리에게 3차원의 공간이 시간을 들여 이동할 수 있는 좌표에 불과한 것처럼 말이지."

아까 노인은 '우리는 다만 벌어지는 일을 분석할 수 있을 뿐'이라고 했다. 물론 과학자들에게는 분석 그 자체가 중요한지도 모르겠다. 하지만 유봄에게는 언제나 분석보다 행동이 중요했다. 인류는 지구 온난화에 대해서도 무수한 분석을 내놓았지만 결국 아무것도 바꾸지 못했다. 모서리로 내몰리기 전에 행동해야 했다.

유봄은 질문했다.

"그래서 무엇을 하면 되죠?"

노인은 품속에서 까만 수첩을 꺼냈다. 끄트머리가 헤진 낡은 수첩을 펼치자 거기엔 서울 지도가 인쇄되어 있었고, 지도 위에는 붉은 점으로 표시된 파도의 모서리들이 촘촘한 거미줄처럼 그려져 있었다. 각 모서리에는 'D-1, D-28, D-154'처럼 되돌릴 수 있는 날짜가 붉은 글씨로 함께 적혀 있었다. 노인은 단호하게 거미줄의 중심부를 가리켰다. 'D-365'라는 붉은 글씨가 유난히 도드라져 보이는 그곳은 군인들이 장악하고 있는 악몽의 장소, 유봄이 도망쳐 나온 잠실 롯데월드타워였다.

"이 모든 모서리의 중심부. 누가 봐도 이곳에 정답이 있을 것 같지 않니? 여기에 가면 이 차원의 서미줄을 만든 무언가가 있을 거야. 그걸 파괴하면 우리는 이 반복되는 시간대에서 탈출할 수 있을지도 몰라."

"아하, 무려 4차원 거미와 싸워야 하는 상황인 거군요."

유봄은 가벼운 농담으로 받아치고 싶었지만, 노인은 진지했다.

"그렇지. 내년 2월 16일까지 잠실에 가서 4차원적 존재와 승부를 내야 해. 만약 성공하지 못한다면 중심부에 있는 파도의 모서리를 이용해 1년 전, 이 사태가 발생하는 순간으로 돌아가는 거야. 어쩌면 그날이 이 4차원적 존재가 처음으로 나타나는 순간일지도 모르지. 그때 곧바로 나에게 와서 다음 작전을 시작하면 돼. 네가 만약 모든 것이 시작되는 날 이곳으로 온다면 다음 작전을 결행해야 하는 순간이라고 이해할게."

노인의 사명감 넘치는 눈빛을 마주하자니 마치 자신이 지구를 구하는 영웅이라도 된 것 같아 부담스러웠다. 유봄은 노인의 타오르는 눈빛을 슬쩍 피하며 질문했다.

"혹시 이전에 경험한 서른여덟 번의 다른 우주에서는 어떻게 되었나요? 이미 여러 번 시도해 본 것 아닌가요?"

"사실 나는 결과를 몰라. 너는 단 한 번도 다시 돌아온 적이 없으니까."

"뭐라고요? 당신은 저와 같이 안 가시는 건가요?"

유봄은 충격에 소리를 질렀다. 만약 오리배의 밧줄을 거머쥐고 있지 않았더라면 당장 멱살을 잡았을지도 몰랐다. 설마 그래서 밧줄을 쥐여줬던 건가? 저 음흉한 노인네가!

생각할수록 괘씸했다. 그 험한 전쟁터 같은 롯데월드타워로 유봄을 혼자 보내고 자기는 여기서 안락하게 햄이랑 참치나 까먹으며 여생을 보내고 있었다? 이건 정말이지 너무나 비겁하고 치사한 겁쟁이 과학자 노인네가 아닌가? 하지만 노인은 다시 한번 단호하게 선언했다.

"나는 같이 못 가."

"아니, 대체 왜죠?"

"이건 관찰자가 있어야 검증이 가능한 가설이야. 둘 다 실험 대상이 될 경우 실패해서 기억이 리셋됐을 때 검증해 줄 수 있는 사람이 없어. 누군가 하나는 관찰자로 남아야 실험을 진전시킬 수 있는 거야."

"그러니까 하필이면 제가 실험체이고 당신이 관찰자인 거군요. 매번 가설을 수정하면서 저를 이용해 테스트하고 있다는 거고."

"맞아. 정확히 이해했어."

유봄은 순간 '이 사람 물어버릴까?' 하고 생각했다. 극한의 환경을 경험하며 단련된 인내심으로 가까스로 참아냈지만.

노인이 말을 이었다.

"넌 이 질문도 이미 여러 번 했어. 사실 단 한 번도 시원하게 납득하진 못했지. 하지만 안 되는 건 안 되는 거야. 아마나는, 그러니까 내가 아는 나라면 이미 다른 복제된 다중우주에서는 너와 함께 잠실로 가서 가설을 직접 확인하려는 시도를 해봤을 거야. 내가 어떤 사람인지는 내가 잘 알아."

이건 또 무슨 말 같지도 않은 궤변인가. 유봄이 발끈하기 전에 노인이 손가락을 살랑살랑 좌우로 흔들었다.

"하지만 아마 어떤 이유로든 실패했겠지. 물론, 지금이 순전히 서른아홉 번째 반복된 삶일 수도 있겠지만, 그럴 가능성은 희박해. 나는 너를 따라갔다가 이미 수백, 수천 번 기억이 초기화되었고, 어쩌면 수천 년의 세월이 반복되었을지도 몰라. 진실은 영원히 알 수가 없지. 그 다중우주에서는 관찰자가 없고, 내가 실험 대상이기 때문이야. '슈뢰딩거의 고양이' 같은 문제지. 이 사고실험에서는 관찰자가 상자를 열고 관찰하기 전까지 고양이는 죽어 있지도 살아 있지도 않은 상태로 다중우주가 중첩되어 있어. 관찰자가 상자를 연 순간 고양이의 삶과 죽음이 확정되지. 하지만 이 모든 실험이 내가 고양이일 때는 아무 소용이 없게 되는 거야."

그럼 나는 고양이가 되어도 상관없다는 건가요? 기가 막혔다. 죽을지 살지 아직 확정되지 않은 고양이 취급을 받게 된 유봄은 이대로 노인의 두꺼운 낯짝을 할퀼까, 진지하게 생각해 보았다. 이 노인네, 무서운 말을 과학적으로 하는 재주가 있네.

"내가 원래 성향과 달리 관찰자로 남겠다는 결론에 이른 이번 우주는, 어쩌면 수천 번의 반복된 실패에서 얻은 작고 소중한 변화일지도 몰라. 그러니까 이번 우주에서는 불확실한 확률에 모든 것을 거는 것보다, 내가 기억을 유지한 채로 늙어 죽을 때까지 최선을 다해 너를 그곳으로 보내는 게 성공 확률이 더 높은 베팅이라고 생각해. 너에게 매번 조금씩 다른 가설과 방법을 제안해 주면서 말이지."

영원히 증명할 수 없는 문제를 붙잡고 저렇게까지 과학적으로 진심인 사람을 대체 어떻게 상대해야 할까? 솔직히 말해 이제 유봄은 화낼 힘도 빠져버렸다. 어차피 저 노인이 실험체라 부르든 고양이라 부르든 유봄은 엄연히 자기 결정권을 가진 인간이었다. 스스로 판단으로 노인의 주장을 해석하고 자신의 미래와 운명을 결정하면 될 뿐이었다. 그럼 당면한 문제부터 해결해 보자.

"이 오리배를 버리면 대체 무슨 수로 잠실까지 가나요?"

"겨울이 되면 탐사조가 모터보트를 가지고 너를 태우러 돌아올 거야. 그때 탐사조와 함께 출발하면 돼."

교통수단은 있다는 거였다. 그러면 이제 마지막으로 궁금한 게 하나 있었다.

"그런데, 당신이 저를 처음 만났을 때는 38년 전의 몸이었겠네요?"

평온하던 노인의 눈빛이 묘하게 변했다.

"그 질문을 하는 건 이번이 처음이군. 맞아. 그때만 해도 이십 대였지."

"그래요? 그러면 지금은 생각보다 노안이시군요."

"수염을 안 밀어서 그래!"

발끈하는 노인을 보며 유봄은 소심한 복수를 달성했다는 통쾌함을 느꼈다. 그리고 진짜 마지막 질문.

"그러면 혹시, 우리가 사랑했던 우주도 있나요?"

노인은 질문에 대답하지 않았다. 그저 말없이 유봄을 바라볼 뿐이었다. 그것으로 대답은 되었다.

"좋아요, 갈게요. 이번에는 꼭 성공할게요!"

노인, 추월은 어딘가 희미한 미소를 지으며 고개를 끄덕였다. 유봄은 그런 그를 향해 회심의 한 마디를 덧붙였다.

"대신 한 가지 조건이 있어요."

Wave 4 ___ 겨울의 모서리

매서운 바람이 살갗을 따갑게 파고들었다. 그 흔한 로션이나 보습크림 하나 없이 겨울을 맞이하게 된다니! 작년까지만 해도 유봄으로서는 도저히 상상도 못 할 일이었다. 그나마 추월 덕분에 패딩 점퍼라도 있는 것을 다행으로 여겨야 하나 싶었다.

　유봄은 권총을 장전하고 빈 깡통을 겨냥했다. 권총을 쥔 양손을 깍지 끼듯 앞으로 내민 채 서서히 내리자, 표적과 총구, 시선이 일직선상에 놓였다. 규칙적인 호흡에 따라 입김이 하얗게 나와 시야를 가렸지만 숨을 멈추면 이내 사라졌다. 이제부터가 중요했다. 유봄은 크게 숨을 들이마신 뒤 3분의 1가량 뱉어낸 후 호흡을 멈추었다. 그리고 다시 호흡이 시작되기 전 신중하게 방아쇠를 당겼다.

팅! 조그만 플라스틱 BB탄이 깡통에 맞아 튕기는 소리가 청량했다. 또 명중이었다.

"이 장난감 총으로 사격 연습을 하라고요?"

처음 추월에게 플라스틱 권총을 건네받았을 때 유봄은 황당한 마음에 대뜸 소리부터 질렀다. 하지만 그는 어깨만 으쓱할 뿐이었다. '대한민국 마트에서 진짜 권총을 팔지 않는데 어떡하겠냐?'는 식이었다. 과연 그의 말이 맞긴 했다. 추월은 시간 여행까지 할 수 있는 미치광이 과학자이긴 했지만, 아무리 시간 여행자라 하더라도 대한민국은 일개 과학자가 총기를 구할 수 있는 나라는 아니었다. 그리고 추월이 준비한 장난감 권총은 유봄이 탈취한 중대장의 권총과 동일한 모델이었다. 언뜻 외관만 봐서는 무엇이 진짜인지 구분하기 어려울 정도였다.

게다가 아무리 가짜 총이라 해도 연습을 하면 할수록 사격 실력이 꾸준히 늘었다. 어차피 실탄은 한 발밖에 남아있지 않았기 때문에 진짜 권총으로 연습할 수는 없었다. 단 한 발로 그 정체조차 가늠할 수 없는 '4차원 거미'라는 것과 싸우기 위해서는 불확실성을 줄여 실패할 확률을 최소화해야 했다.

겨울의 바닷바람은 그야말로 칼바람이었다. 30분 남짓 연습하자 피부가 찢어질 것처럼 아팠다. 유봄은 자신에게 '오늘은 여기까지'라고 단호하게 선언한 후 따뜻한 실내로 돌아갔다.

노인은 유봄이 들어올 걸 미리 알고 있었다는 듯 따뜻한 커피믹스 한 잔을 내밀었다. 뽀얀 김이 모락모락 피어오르는 커피잔을 받아 든 유봄은 따끈한 열기에 손과 얼굴부터 녹였다. 식기 전에 목구멍으로 한 모금 넘기자, 파도처럼 잔잔한 감동이 밀려왔다. 입안 가득히 달콤하고도 사치스러운 고칼로리의 향연. 인류가 저당, 저열량 식품에 집착하던 시절이 까마득한 옛이야기처럼 느껴졌다. 어쩌면 이게 인류 최후의 커피믹스일지도 모른다고 생각하니 쉽게 삼킬 수 없었다. 유봄은 성스러운 의식을 치르듯 천천히 커피를 마셨다.

"올해 겨울은 유난히 춥네요."

말을 꺼내고 나서 유봄은 자신의 실수를 깨달았다. '유난히' 추운 겨울이라는 그 말이 추월에게만큼은 성립하지 않았다. 그 유난함을 무려 서른아홉 번째 겪고 있었으니까.

추월이 싱긋 웃으면서 핫팩을 흔들어 유봄에게 건넸다. 어쩌면 난방 시설 하나 없이 보내는 첫 겨울이라 더 춥게 느껴지는지도 몰랐다. 다행히 추월이 가스난로와 핫팩을 창고에 잔뜩 비축해 두었기 때문에 침낭 안에 들어가면 그럭저럭 버틸 만했다.

다른 인류는 난로도 핫팩도 없이 이 혹독한 겨울을 어떻게 살아내고 있을까. 아마도 온종일 차가운 바람 속에서 땔감을 찾아 헤매고, 밤에는 꺼져가는 불씨 옆에서 몸을 웅크린 채 버티고 있을 테지. 그들의 고통을 생각하면 유봄의 삶은 더 없이 호사스러웠다. 상대적으로 안온한 자신의 처지에 감사하면서도 한편으론 어쩔 수 없는 죄책감이 가슴 한구석을 짓눌렀다. 이번 겨울이 지나면 또 얼마나 많은 사람이 세상에서 사라질까.

"그래서 더 잔인한 계절이지."

노인이 말했다. 온난화로 지구의 평균 기온이 올랐다고 해서 겨울이 춥지 않은 건 아니었다. 오히려 폭염과 혹한이 번갈아 오면서 생명체가 살기엔 더욱 가혹한 환경이 만들어졌다. 그리고 날이 추워질수록 인류는 더욱 날카로워졌다. 겨울 식량을 비축하기 위해, 따뜻한 거주지를 확보하기 위해 해적과 군인이 교전을 벌이고 산적과 해적이 전쟁했다.

특히 과거 인류가 지어놓은 '부동산'을 확보하기 위해 가장 많은 전투가 벌어졌다. 비록 건물 대부분이 바다에 잠기고 고층부만 남아있었지만, 여전히 부동산은 인류가 겨울을 나기에 가장 좋은 환경을 제공하고 있었다. 소문에 의하면 주로 고층 건물이 모여 있는 강남 일대가 격전지였다. 하지만 종종 영등포까지도 원정을 오는 세력들이 있었기에 방심

할 수는 없었다.

추월에게는 '미래가 기록된 달력'이 있었다. 일종의 예언
서였다. 이 달력에는 어떤 날 불청객이 들이닥치는지 모두
적혀 있었다. 두 사람은 해적이나 군인이 나타나는 날짜가
되면 카누를 타고 노를 저어 인근의 눈에 띄지 않는 건물로
숨었다가, 위험이 사라지면 다시 돌아오는 일을 반복했다.
매년 똑같은 날짜에 똑같은 일이 그대로 반복되는 건 아니었
지만 신기하게도 몇 가지 패턴 안에서 특정한 사건들이 일정
한 확률로 발생한다고 했다. 서른아홉 번째 똑같은 1년을 살
아가는 노인의 관점에서 미래는 확률적 패턴들의 조합에 불
과했다.

유봄은 때때로 그런 추월이 불쾌했다. 예를 들면 이런 식
이었다. 세수하다 문득 '오늘 날씨도 화창한데 모처럼 먼
바다에 낚시나 하러 가자고 말해볼까?'라는 생각에 콧노래
를 부르며 화장실 문을 열고 나오면, 이미 추월은 낚시 모자
에 조끼까지 완벽하게 갖춰 입고 낚싯대를 어깨에 멘 채 문
앞에서 기다리고 있었다. 또 어느 날은 속이 안 좋아서 그날
식사를 건너뛰어야겠다고 생각하고 저녁 준비를 하는 추월
에게 갔더니 이미 식탁 위에 딱 1인분만 차려놓고 느긋하게
혼자서 식사하는 거였다.

한번은 너무 약이 오른 나머지 추월이 걸어가는 길목에 숨어서 BB탄 권총으로 저격하려고 했는데, 별안간 유봄의 뒤에서 갑자기 나타난 추월이 기습적으로 권총을 빼앗는 바람에 실패로 돌아갔다. 그는 자신의 달력을 펼쳐 이미 적혀 있던 '3일간 권총 압수'를 기세등등하게 보여주며 유봄을 더욱 약 올렸다. 머릿속을 훤히 읽히는 기분이란.

일부러 평소와 다른 행동을 하는 날조차도 예측 범위 내에 있었다. 그날 유봄은 밥을 먹다 추월이 잠시 자리를 비운 순간을 틈타 순전히 충동적으로 자리를 박차고 뛰쳐나갔다. 평소라면 밥 먹다 도중에 일어서는 일은 없었을 것이다. 노마드는 결코 그런 짓을 하지 않는다. 그저 뭐라도 그의 예상을 벗어나는 행동을 해보자는 심산이었다. 아무런 목적의식 없이 돌아다니다가 도착한 곳은 비상계단, 즉 파도의 모서리 앞이었다. 마침 기회다 싶었다. 유봄도 하루를 다시 돌려서 그날 하루 추월의 행동 패턴을 예측할 수 있다면 재미있는 복수를 할 수 있지 않을까? 하지만 장난기 가득한 미소를 지으며 철문을 연 유봄은 금방 좌절해야 했다. 철문 안에는 추월이 팔짱을 낀 채 앉아 있었다.

"그런 불순한 용도로는 사용금지야."

완패였다. 저 노인네는 모든 걸 알고 있었다.

그 후로도 몇 번의 시도 끝에 유봄은 자신의 인생이라는 게 특별할 게 없다는 허망함을 느끼며 추월의 경험을 존중하고 받아들이기로 했다. 잘 맞는 일기예보 같은 느낌이랄까. 사실 예측되는 미래를 맞이한다는 건 어떤 의미에서는 편안한 일이었다.

추월은 유봄과 함께 매일 틈틈이 작전과 가설에 대해 논의했다. 그 외의 시간에는 낚시도 하고 사격 연습도 하고 만화책도 읽으면서 시간을 보냈다. 식량은 충분했다. 그들은 겨울 식량을 마련하기 위해 고군분투하는 개미들의 세계에서 게으른 채 겨울을 맞이할 수 있는 유일한 베짱이들이었다.

그리고 마침내 그날이 왔다. 그날은 아침부터 두통으로 머리가 지끈거렸다. 카페인 부족인가. 유봄은 관자놀이를 꾹꾹 누르며 억지로 몸을 일으켰다. 그리곤 슬며시 미소를 지을 수밖에 없었다. 책상 위에 물컵과 두통약이 올려져 있었다. 은근히 세심하다니까.

알약을 삼키고 방문을 열었다. 그날따라 세상이 이상하리만치 고요했다. 춥지만 따뜻했고, 적막하지만 포근했다. 유봄은 홀린 듯 창밖을 바라봤다. 눈을 뗄 수가 없었다. 그러니까, 하늘에서 첫눈이 오고 있었다. 유봄은 유리문을 열고 밖으로 나갔다. 건물 난간에 기대어 나풀나풀 떨어지는 눈송이를 가만히 바라보고 있자니 어쩐지 기분이 좋아졌다. 먼 산의 울긋불긋한 꽃들도 어느덧 하얀 눈송이로 뒤덮여 있었다. 어제까지만 해도 날이 겨울 같지 않게 따뜻해서 꽃이 피더니 오늘은 하늘에서 첫눈이 내린다. 지구 온난화 앞에서 계절 따위 아무런 의미도 없었다. 그래, 이제 지구 맘대로 하라 그래.

어느새 추월이 곁에 다가왔다. 그는 유봄과 나란히 서서 첫눈을 맞으며 나직한 목소리로 말했다.

"오늘 오겠군."

이제 추월의 화법도 익숙했다.

"이게 날씨와 상관있나요?"

"그렇더라고. 이유는 모르겠고 패턴이 그래. 이날 눈이 올 경우 탐사조가 돌아오게 되는 패턴이야."

유봄을 잠실까지 실어 나를 탐사조가 도착하는 패턴은 두 개. 오늘 오후에 도착하거나, 내일 오전에 도착하는 것. 둘 중 하나였다. 그리고 추월은 내리는 눈을 보고 오늘이라고 예측했다.

"아예 타임스퀘어 앞에다 점집을 하나 차리시죠. 장사 잘 될 것 같은데."

"그럴까?"

유봄은 탐사조가 어떤 사람인지 늘 궁금했다. 그동안 몇 번을 물어봤지만, 추월이 미리 알 필요 없다며 말을 아끼는 바람에 오히려 궁금증이 증폭됐다. 수다쟁이 과학자가 유독이 주제에 대해서만큼은 입이 무거웠다. 그리고 잠시 후 유봄은 그 이유를 알 수 있었다.

저 멀리 수평선 너머에서부터 희미하게 들려오던 엔진 소리가 점점 또렷해졌다. 곧이어 눈보라처럼 하얀 포말을 일으키며 동력 보트 한 척이 모습을 드러냈다. 추월이 미동도 없이 보트가 다가오는 걸 지켜보고 있었기에 유봄은 그가 탐사조인 것을 단박에 알 수 있었다. 위험한 상황이었다면 추월은 진작에 유봄과 함께 몸을 숨겼을 거였다. 과연 예언가 노인네. 한 치의 오차도 없구나. 혹시나 유봄을 태워줄 보트가 안 오면 어쩌나, 마음 한쪽에 남아있던 조금의 불안감마저 깨끗이 날아가 버리는 순간이었다.

보트가 끄르륵 소리를 내며 건물 앞에 정박했다. 무심코 그 광경을 감상하던 유봄의 심장이 순간 쿵 내려앉았다. 보트에서 내리는 사람이 군복을 입고 있는 게 아닌가. 노인의 패턴을 믿고 있었지만, 여전히 군인은 보기만 해도 소름이 끼칠 만큼 무서웠다. 지난여름이 남긴 트라우마였다. 유봄은 자신도 모르게 주머니 속 권총에 손을 가져갔다. 차가운 공기에 싸늘하게 식은 권총의 금속성 질감을 느끼며 언제든 뽑아 들 준비를 하고 있을 때, 보트에서 내린 사람이 이쪽을 쳐다봤다. 그리고 동시에, 그 사람도 유봄만큼이나 놀랐다.

"봄이?"

"동이?"

추월이 말한 탐사조의 정체가 오랜 동네 친구 한동이었다니! 맥이 탁 풀렸다. 유봄은 꼭 쥐고 있던 권총을 손에서 놓았다. 그리고 추월을 째려봤다. 이 모든 걸 뻔히 알고서도 지금까지 숨긴 건 요망한 노인네의 짓궂은 장난 같은 거였을까. 아니면 예상치 못한 깜짝 선물이었던 걸까. 하여튼 사람 놀라게 하는 데는 선수였다.

"무사했구나!"

"너도!"

유봄과 한동은 누가 먼저랄 것도 없이 서로에게 다가가 자연스럽게 포옹했다. 이 험난한 지구에서 둘 다 무사히 살아남아 다시 만났다는 사실만으로도 기쁘고 감격스러웠다. 하지만 감격스러운 재회의 순간도 잠시, 카랑카랑한 노인의 목소리가 겨울바람처럼 매섭게 울려 퍼졌다.

"돌아왔으면 탐사 결과부터 먼저 알려주지?"

추월의 태도가 어딘지 모르게 쌀쌀맞았다. 유봄은 입술을 삐죽 내밀었다.

'뭐야, 혼자 나이는 먹을 만큼 먹어놓고 이제 와서 질투라도 하려는 건가.'

한동은 추월에게 다가가 주머니에서 메모를 꺼냈다. 추월은 지도를 펼쳐 메모에 적힌 내용을 옮기기 시작했다. 유봄도 그들 옆에 서서 기웃거렸다.

"위치와 날짜가 계산하신 것과 일치하더라고요. 다만, 중심부의 타워에서는 모서리를 찾지 못했어요."

"그래? 이번에는 어디를 찾아봤지?"

추월은 이미 다 알고 있는 문제라는 듯이 한동을 쳐다보지도 않았다.

"일단 해수면이 있는 부두 근처에서 계속 찾았거든요. 그런데 아무리 찾아도 없길래 혹시 중심부의 모서리는 가장 높은 곳에 있는 게 아닐까 해서 옥상에도 몇 번이나 가봤어요. 가장 높은 건물이 중심이 된 이유가 있지 않을까 해서요."

"이번에도 자네는 패턴에서 전혀 벗어나지 않는군."

듣기에 따라 기분 나쁠 수도 있는 말이었으나 한동은 그저 씩 웃어넘기고 물었다. 기억났다. 그게 한동의 장점이었지. 시험을 망쳐도, 망신을 당해도, 세상이 무너져도 웃어넘기는 힘.

"그래서 말인데요. 혹시 타워에는 파도의 모서리가 없는 게 아닐까요?"

"그렇지 않을 거로 생각하고 싶네. 계산상 거미줄의 중심부인 타워에서는 1년 전으로 돌아가야 하는데, 모서리가 생겨나기 전의 시간대로는 돌아갈 수 없으니 아직 나타나지 않았을 뿐일 거야. 아마도 각각의 모서리가 활성화되는 시기가 있겠지. 중심부로 갈수록 더 나중에 활성화되는 거고."

"그게 정확히 언제인지는 어떻게 알죠?"

"2월 16일이야. 유봄이 알아. 내 가설은 다 얘기해 주었으니까."

그리고 추월은 더 이상 방해하지 말라는 듯 손을 휘휘 내젓더니 작업에 몰두하기 시작했다. 하지만 한동은 아직 더 할 말이 남는 기색이었다. 슬쩍 유봄을 한번 쳐다본 한동이 은근한 말투로 추월에게 물었다.

"그런데 침투조가 봄이었어요? 엄청 위험할 것 같은데, 그냥 제가 그 역할까지 하면 안 되나요?"

"그럼, 자네가 말려보던가. 아마 실패하겠지만."

추월은 이번에도 이미 한동의 질문을 예상하고 있었다는 듯이 고개조차 들지 않고 대답했다. 그러자 한동은 이제 시선을 돌려 유봄 쪽을 바라봤다. 유봄은 팔짱을 낀 뒤 단호한 말투로 선언했다.

"저 말이 맞아. 넌 실패할 거야."

한동은 그 눈빛을 잠시 바라보다가 이윽고 한숨을 내쉬며 할 수 없다는 듯한 제스처를 취했다.

"그래, 네 고집을 내가 어떻게 꺾겠냐."

한동은 터덜터덜 부엌으로 걸어가더니 능숙하게 커피믹

스를 찾기 시작했다. 부스럭부스럭 찬장을 뒤지고 버너에 물을 끓여 커피를 두 잔 타더니 한 잔을 유봄에게 내밀었다. 유봄은 어이가 없었다. 너무 자연스러운 거 아니니? 여기 너희 집 아니거든?

"이 커피가 그렇게 먹고 싶더라고."

"그래?"

"이젠 커피 같은 거 어디서도 볼 수 없으니까."

"그렇지."

두 사람은 뜨끈한 커피를 입으로 호호 불며 한 모금씩 홀짝였다.

"걱정했었어."

한동이 툭 던진 말 한마디에 유봄의 마음이 따뜻해졌다.

"응, 나도."

그리고 둘 사이에는 어색하면서도 묘한 침묵이 흘렀다. 갑작스러운 재회에 쏟아내고 싶은 말들이 목 끝까지 차올랐지만, 선뜻 입이 떨어지지 않았다. 무슨 말부터 꺼내야 할까. 마침내 유봄의 입에서 나온 첫마디는 조금 엉뚱했다.

"너 그날 왜 자전거 타러 안 나온 거야?"

"뭐?"

갑자기 동이의 얼굴이 빨개지더니 당황하는 기색이 역력했다. 별것 아닌 질문에 왜 저래? 수상하게.

"못 나온 거야."

그리고 한동의 횡설수설이 시작됐다. 너 그거 보고 싶다고 했었잖아. 뭐? 그거, 뮤지컬. 아, 위키드? 그래. 위키드. 그거 너랑 같이 보려고 티켓을 구하려고 하는데 다 매진이었던 거야. 그런데 마침 내가 휴가 나오는 당일 티켓을 양도하겠다고 올리신 분이 있더라고. 그런데 직접 영등포까지 와서 받아 가래.

유봄은 고개를 홱 돌려 추월을 쳐다봤다. 역시나 추월은 그게 바로 나라는 듯이 허리를 쭉 폈다. 한동의 말이 이어졌다.

그래서 빨리 티켓만 받아서 돌아가려고 하는데, 갑자기 힘없는 노인네를 좀 도와달라더니 옥상까지 짐을 나르라지 않나, 현기증이 오니 부축을 해 달라지 않나 뭘 자꾸 시키셔. 너랑 약속이 있어서 급하다고 가야 한다고 하는데도 택시 불러 주겠다고 자꾸 붙잡으시는데, 그러다 보니 갑자기 해일이 온 거야.

"흥, 내 손바닥 안에서 벗어날 순 없지."

거기까지 들은 추월이 어쩐지 뽐내는 듯이 말했다. 하지만 유봄은 다른 게 궁금했다.

"갑자기 그날 뮤지컬은 왜 보려고 한 건데? 그런 건 관심 없는 거 아니었어?"

그러자 한동의 귀가 빨개지더니 다시 한참을 횡설수설하기 시작했다. 유봄은 한동의 주장을 한마디로 요약했다.

"그러니까 나한테 고백하려고 했다는 거지?"

유봄의 간결한 정리에 한동은 또다시 뭔가 거창한 말을 늘어놓기 시작했지만 별로 유의미한 단어나 문장들이라고 보긴 어려웠다. 오히려 유봄에겐 자신의 마음이 중요했다.

'인류가 멸망할 지도 모르는 이 시점에 연애 같은 걸 해도 되는 걸까?'

한편으로는 오히려 뭘 하든 무슨 상관인가 싶기도 했지만 복잡한 고민이 싫어서 일단 보류하기로 했다. 나중에, 타워를 다녀와서도 세상이 리셋되지 않으면 그때 다시 생각하지 뭐. 한동에게도 고백하려 하던 그때와 지금의 상황은 완전히 달라졌으니까. 마음은 그때와 같은지 어떤지 모르겠지만.

"알았어."

"알았다니 그건 대체 무슨?"

한동은 얼빠진 표정을 지었다.

"네가 왜 그날 자전거 타러 안 나왔는지 알겠다고."

그 말에 한동은 갑자기 목에 사레가 들린 소리를 내며 컥컥거리기 시작했고 추월은 멀리서 히죽 웃었다. 음흉한 노인네 같으니. 이번에도 내 대답을 미리 알고 있었겠지?

*

페트병에 정성스럽게 모아둔 빗물을 봄순이에게 천천히 부어주었다. 뿌리 주변의 마른 흙이 촉촉하게 젖어 들었다. 봄순이를 데리고 타워에 갈 수는 없으니 어쩌면 유봄이 주는 마지막 물일 수도 있었다. 겨울까지 살아남은 봄순이는 계절을 지나며 제법 커져서 이제는 화분이 작아 보일 정도였다. 유봄은 말을 건네듯 봄순이의 작은 잎을 매만졌다. 너는 내년 봄까지 꼭 살아남아 꽃을 피우렴.

미래가 기록된 추월의 달력으로 오래전부터 한동이 방문하는 날을 준비하고 있었기에 모든 과정은 순조로웠다. 마지막 라면 상자를 보트에 던져넣은 한동이 경쾌한 목소리로 추월에게 물었다.

"이게 마지막이죠?"

"그래. 이제 모든 준비가 끝났어."

추월은 손에 들고 있던 체크리스트의 마지막 항목을 볼펜으로 지웠다.

"그럼 이제 최후의 만찬 시간인가요?"

"그래. 올해도 최고의 식사를 준비해 보마."

"오늘은 술도 꺼내주시는 거죠?"

"물론! 최후의 만찬에 술이 빠질 수는 없지!"

추월이 묵직한 와인 병을 흔들어 보였다. 와인에 대해 잘 모르는 유봄이 보기에도 범상치 않은 와인처럼 보였다. 아마 추월은 이날을 위해 돈을 아끼지 않고 최고의 와인을 준비했을 것이다. 돈이란 이제 아무런 의미도 없는 숫자들의 배열일 뿐이었으니까.

두 사람은 오늘 영등포에서 마지막 한 끼를 든든히 먹은 후 잠실로 출발할 계획이었다. 그때까지만 해도 모든 계획에 아무런 문제가 없어 보였다. 한동이 유봄을 살짝 어색하게 대하고 있는 것만 빼면 말이다.

'역시 마음을 들켜서 어색한 걸까? 하지만 지금은 받아줄 수 없어.'

유봄은 통조림 연어를 뜯었다. 종종 낚시로 잡은 생선을 구워 먹기는 했지만 연어는 서울 바다에서 구할 수 없는 생선이었다. 오늘은 특별한 날이니 이걸로 분위기를 낼 겸 연어 스테이크를 할 생각이었다. 그럴듯한 맛이 나오면 좋겠는데 말이지.

문득 유봄은 서른아홉 번째 최후의 만찬을 함께 준비하는 추월이 어떤 표정을 짓고 있는지 궁금했다. 언제나 예측대로 미래가 흘러가고, 무한히 반복되는 현재를 살아가는 사람 특유의 권태롭고 지친 표정만을 보여주던 추월. 그도 지금 이 순간만큼은 뭔가 특별한 표정을 짓고 있지 않을까?

하지만 추월의 얼굴에 시선이 닿는 순간, 유봄은 가슴이 철렁 내려앉았다. 그건 지금까지 추월의 얼굴에서 단 한 번도 본 적이 없는 표정이었다. 잠시 후 유봄은 그 낯선 표정의 정체를 깨달았다. 그건 경악이었다. 추월이 신음소리를 내듯이 말했다.

"말도 안 돼."

예언가 노인네가 경악이란 걸 한다고? 유봄은 즉각 사태의 심각성을 감지하고 추월의 시선이 향하는 곳으로 고개를 돌렸다. 그곳에서는 거대한 유람선 한 척이 다가오고 있었다. 유람선에서 펄럭이는 거대한 깃발을 본 유봄은 추월과 똑같은 표정을 짓게 되었다. 깃발에 붉은 핏빛의 해골 마크가 섬뜩하게 그려져 있었다. 여의도에서 만났던 그 해적선이었다.

"저게 오늘 오면 안 되는데…."

그 한마디로 유봄은 단숨에 사태를 파악할 수 있었다. 미래의 패턴이 붕괴되었다.

다음 순간, 무언가 핑하고 유봄의 귀 옆을 스쳐 지나갔다. 그것이 총알임을 깨닫는 데에는 그리 오랜 시간이 걸리지 않았다. 그렇게 다짜고짜 한강 유람선, 아니 해적선에서 총격이 시작됐다.

"봄아! 엎드려!"

한동이 유봄의 어깨를 감싸며 몸을 숙였다. 그들은 바닥을 기다시피 이동해서 건물 기둥 뒤로 숨었다. 유봄이 다급히 추월에게 외쳤다.

"시간을 돌려야 하는 거 아니에요?"

추월은 고개를 저었다.

"패턴이 바뀌었어. 그건 무언가 변화하고 있다는 뜻이야. 끝없이 반복되는 이 세상에는 변화가 필요하고 모든 변화는 위험을 수반하는 법이지."

"네? 그게 대체 무슨 개가 풀 뜯어 먹는 소리예요?"

유봄이 다시 추월에게 시선을 돌렸을 때 그의 표정은 묘한 흥분으로 가득 차 있었다.

"마지막으로 밥 한 끼 제대로 먹이지 못하고 보내게 된 건 아쉽지만, 모든 준비는 완벽하게 되어 있어. 이대로 출발하거라!"

역시 미치광이 노인네였어! 사람이 쉽게 변하는 거 아니라니까! 유봄이 한마디 쏘아주려 할 때 추월이 손에 들고 있던 종이를 접어 건넸다. 파도의 모서리 위치가 표시된 지도였다.

"이걸 가져가. 꼭 필요할 때 사용하도록 해."

"이 와중에도 여기에 남겠다고요?"

추월은 고개를 끄덕였다. 눈빛이 단호했다. 그때 기둥 너머를 엿보고 있던 한동이 외쳤다.

"지금 가야 해, 더 가까워지면 위험해!"

유봄은 추월의 양손을 꼭 잡았다. 세월의 풍파에 거칠어졌지만 그래도 따뜻한 손이었다.

"살아서 다시 만나요."

추월은 자신의 손목시계를 풀어 유봄의 손목에 채웠다. 날짜가 표시되어 있는 전자식 손목시계였다.

"이걸 너에게 주는 건 처음이야. 다시 만날 때도 꼭 이 시계를 차고 있길 바라. 그리고 하나만 약속해. 어떤 상황이 오더라도, 절대로 뒤돌아보지 않고 앞으로 나아가는 거야. 나 같은 과거의 망령이나 한동에게 발목 잡히지 마. 그러니까 만약 결단을 내려야 하는 순간이 온다면, 그땐 반드시 과거를 버리고 미래로 가는 거야."

노인은 새끼손가락을 내밀었다. 약속하라는 뜻이었다. 과거를 버리고 미래로 가라는 게 무슨 뜻인지 정확히 알 순 없었지만 노인의 간절함만은 분명하게 전달되었다. 유봄은 아무 말 없이 추월의 앙상한 새끼손가락에 자신의 손가락을 걸었다. 유봄이 짧은 작별 인사를 마쳤음을 확인한 한동이 큰 소리로 외쳤다.

"내가 신호하면 배로 뛰어! 셋, 둘, 하나, 가자!"

두 사람이 달리기 시작하자마자 해적선에서 다시 총격이

시작됐다. 땅에 부딪힌 총알이 팝콘처럼 사방으로 튀어 올랐다. 맹렬한 총격이 꼬리처럼 뒤를 따라붙는 섬뜩한 느낌에, 유봄은 필사적으로 달려 선실 안으로 뛰어들었다. 유봄의 뒤를 따라 들어온 한동이 핸들을 붙잡는 순간 와장창 굉음과 함께 선실의 창문이 산산조각 나며 유리 파편이 쏟아졌다. 총격이 더욱 격렬해지고 있었다.

"봄아, 숙이고 있어."

한동이 다급히 키를 좌우로 돌리며 외쳤다. 하지만 배는 힘없이 쿨럭거리기만 할 뿐 좀처럼 시동이 걸리지 않았다. 자세히 보니 시동을 거는 그의 손이 덜덜 떨려서 제대로 움직이지도 못하고 있었다. 그 불안한 모습을 본 유봄은 오히려 자신의 마음이 차분하게 가라앉는 것을 느꼈다.

'너도 이렇게 무서우면서.'

유봄은 떨리는 한동의 손을 가만히 붙잡아 내린 뒤 침착하게 시동 키를 움켜쥐고 돌렸다. 비로소 보트가 덜컹거리면서 힘찬 엔진 소리가 울려 퍼졌다. 시동이 걸린 것이다. 침착한 유봄의 행동에 불안하던 한동의 호흡도 어느새 안정되었다. 유봄은 자신을 바라보는 한동에게 '하지만 보트 운전은 못 해'라는 표정으로 어깨를 으쓱해 보였다.

몸을 최대한 숙인 한동이 핸들을 이리저리 돌리며 보트를 움직였다. 두다다다, 요란한 소리와 함께 보트가 물살을 헤치며 앞으로 질주하기 시작했다. 해적선 옆을 스치듯 지나치는 순간 유봄은 굶주린 맹수처럼 이쪽을 쏘아보고 있는 해적과 눈이 마주쳤다. 멀리서도 그를 한눈에 알아볼 수 있었다. 여전히 홍건적처럼 붉은 복장을 입고 있는 근육질의 남자. 그때 그 해적 선장이었다.

'저 인간 원래 대화를 즐기던 타입 아니었나? 다짜고짜 총격이라니 그새 MBTI 유형이 바뀐 거야?'

보트에 속도가 붙기 시작하자 해적선과의 거리는 조금씩 벌어지는 듯했다. 하지만 곧바로 선회한 해적선이 그들을 추격하기 시작했다. 따라 잡히지는 않았지만 좀처럼 거리가 벌어지지도 않았다. 두 사람은 잠실이 있는 동쪽 방향으로 곧장 향했다. 깨진 창문 틈으로 칼날 같은 겨울바람이 정신없이 들이쳤다. 오픈카야 뭐야! 유봄은 속으로 비명을 질렀다. 그래도 속도를 늦출 순 없었다. 해적선은 유람선이라서 기동성은 떨어질 테니까 이대로 달리기만 한다면 승산이 있었다. 그러나 곧 그건 안이한 생각이었다는 것을 깨닫게 되었다.

멀리 63빌딩이 보이는 여의도 방향에서 작지만 속도가 빠른 요트형 해적선들이 여러 척 나타났다. 어떤 방법인지는 모르겠지만 유람선에서 지원을 요청한 것 같았다. 아니면 미리 대비하고 있었거나.

서쪽에서는 유람선이, 동쪽에서는 요트들이 포위망을 짜

며 다가오고 있었다. 유봄이 칼바람을 뚫고 비명처럼 소리쳤다.

"쟤네 목적이 대체 뭐야?"

"미안해. 나를 쫓아온 것 같아. 너한테 가기 전에 해적들과 교전이 있었거든. 따돌린 줄 알았는데…."

"그래서 어쩔 거야?"

"북쪽으로 가자!"

대답과 함께 한동이 왼쪽으로 핸들을 있는 힘껏 꺾었다. 갑작스러운 원심력에 몸이 오른쪽으로 급격히 쏠리는 것을 느끼며 유봄은 품에서 권총을 꺼내 들었다.

＊

두 사람이 향한 방향에는 마포가 있었다. 해수면 위로 높이 솟은 빌딩과 빽빽하게 이어지는 크고 작은 아파트 숲. 마포는 지대가 높고 지형이 미로처럼 복잡해서 작은 보트가 몸을 숨기기에는 최적이었다. 흡사 물 위에 세워진 수상 도시 같았다. 한동은 큰길을 따라가지 않고 일부러 아파트 단지 사이의 좁은 골목으로 보트를 몰았다. 해적 선장이 타고 있던 거대한 유람선은 이곳으로 진입할 엄두조차 내기 어려울 듯했다.

유봄은 보트 후미로 자리를 옮겨 뒤따라오는 해적선들을 살폈다. 과연 유람선은 63빌딩 언저리에 멈춰 선 채로 더 이상 강북으로 넘어오진 않았다. 대신 기동성이 뛰어난 요트들이 그들을 추격하고 있었다. 두 사람이 탄 보트는 시멘트로 이루어진 복잡한 숲 속을 이리저리 누비면서 한참 동안 해적선들과 숨바꼭질을 했다. 하지만 문제는 소리였다. 조용한 아파트 단지 사이로 울려 퍼지는 시끄러운 엔진 소리 때문에 해적들을 떨쳐내기가 쉽지 않았다.

집요하게 추적해 오는 해적선들을 피해 두 사람은 대로를 가로질러 커다란 아파트 단지로 진입했다. 언덕의 굴곡을 따라 건물들이 길게 비정형으로 뻗어 있는 대단지였다. 불길하게도 단지 안쪽으로 깊이 들어갈수록 건물 높이가 점점 높아지고 있었다. 마치 언덕을 타고 오르는 것 같았다. 그리고 마침내 코너를 돈 순간 눈앞에는 반쯤 물에 잠긴 놀이터가 펼쳐졌고 그 끝에는 육지가 있었다.

막다른 길. 배가 산으로 간 셈이었다. 급브레이크를 잡은 한동이 좌절한 듯 핸들에 얼굴을 파묻었다.

"봄아, 미안해."

미안하다고 해결될 문제는 아니었다. 한동이 잘못한 것도 아니었고. 단지 이제부터 할 수 있는 최선을 찾으면 될 문제였다.

뒤에서는 해적선들의 엔진 소리가 점점 가까워지고 있었다. 유봄은 말없이 비장한 표정으로 권총을 장전했고, 그걸 본 한동도 소총을 꺼내 들었다. 단 한 발만 실탄, 이후에는 총알이 있는 척 연기력으로 승부해야 했다. 물론 대치 상황이 만들어져야 연기라도 할 수 있었다. 아까처럼 다짜고짜 총을 쏘기 시작한다면 연기를 할 기회조차 없었다.

"내 인생에 총격전을 준비하는 순간이 올 줄이야."

긴장을 풀기 위한 유봄의 푸념에 한동이 피식 웃었다. 그래. 웃을 수 있다면 그걸로 되었다.

"동이, 넌 몇 발 남았니?"

"스무 발 정도?"

"난 한 발뿐이야."

"알아. 꼭 필요할 때만 쏘고 내 뒤에 숨어 있어."

좌우를 살핀 한동이 이어 말했다.

"일단 저기 화단에 숨자. 해적들이 우리를 찾으러 배에서 내리면 기회를 봐서 해적선을 탈취하는 거야."

말처럼 쉽진 않겠지만 듣기에 나쁘지 않은 작전이었다. 일단 다른 방법이 없어 시도할 수밖에 없기도 했다. 겨울의 화단은 나뭇가지만 앙상하게 남아 있어서 완벽한 은신처라고 할 순 없었다. 유봄은 여기 숨었다는 걸 해적들에게 금방 들키는 게 아닐까 불안했지만, 애써 호흡을 고르며 다가올 전투를 준비했다.

그때 바로 머리 위에서 드르륵 창문이 열리는 소리가 들렸다. 두 사람은 누가 먼저랄 것도 없이 소리가 들린 방향으로 총을 겨눴다. 누군가의 상체가 창문 밖으로 불쑥 나타났다.

"어? 너는 그때 그 선크림? 살아있었구나!"

반가운 표정을 짓는 여자를 유봄도 알아보았다. 지난 여름 잠깐 마주쳤던 바다의 노마드였다. 마주친 시간은 짧았지만 워낙 여성 노마드가 드물었고 유봄에게는 생명의 은인이기도 했기 때문에 그 얼굴이 기억에 똑똑히 새겨져 있었다. 그때까지만 해도 해양 유목민 생활을 하고 있었는데 지금은 겨울을 나기 위해 마포에 정착한 모양이었다.

"강북으로 가신다더니 여기였군요!"

"넌 결국 잠실에 갔나 봐. 게다가 군인 친구도 생겼네?"

그러고 보니 롯데월드타워는 군인들이 장악하고 있다는 정보를 알려준 것도 이 노마드였다. 물론 타워에 가까이 가지 말라는 취지로 정보를 준 것이었지만 유봄은 오히려 그 말을 듣고 잠실로 향했고 지금은 무려 두 번째로 타워에 돌격하는 중이었다. 유봄도 여성을 다시 만나 내심 반가웠지만 아쉽게도 담소를 나눌 시간은 없었다.

"저희가 지금 해적들한테 쫓기고 있어요!"

때마침 유봄의 말을 증명이라도 하듯 멀리서 모퉁이를 도는 해적선이 보이기 시작했다. 한 척, 두 척, 세 척. 도합 세 척이었다. 망했다! 한 척이라면 한동의 작전처럼 어떻게 탈취를 시도할 수도 있겠는데 적이 너무 많았다. 그제야 노마드도 상황의 심각성을 깨달은 것처럼 표정이 굳었다.

"도와줄게! 어서 이쪽으로 건너와!"

"안 돼요! 배를 버릴 수 없어요!"

"버려야 해! 그래야 살 수 있어!"

"못 버려요! 오늘 꼭 잠실로 가야 해요!"

"그러다 죽어! 죽으면 잠실이고 나발이고 못 가!"

"하지만!"

시시각각 해적선들이 다가오고 있었다. 결연한 표정의 유봄을 한동안 지켜보던 노마드도 곧 무언가를 결심한 듯 한동과 유봄이 타고 온 보트를 가리켰다.

"그럼 내가 저 보트에 타도 될까?"

"안 됩니다!"

안 된다고 즉답을 한 사람은 한동이었다. 한동은 작은 목소리로 유봄에게 속삭였다.

"저 사람을 어떻게 믿고?"

물론 쉽게 사람을 믿을 수 없는 세상이긴 했다. 하지만 유봄은 자신의 직감을 믿었다. 노마드는 보통 타인에게 깊이 관여하지 않았다. 그들은 철저한 개인주의자들이었다. 세상이 어떻게 되든 남들이 어떻게 되든 자신이 살아남을 길부터 챙기는 게 생존한 노마드들의 습성이었다. 그렇기에 지금처럼 위험을 감수하는 행동은 흔히 하는 행동은 아니었다. 그만큼 지금의 행동에는 믿을 만한 구석이 있을지도 몰랐다.

"그럼 나를 믿고 태우는 걸로 하자! 타세요!"

"내 이름은 설하나야. 믿음에 부응하도록 최선을 다할게."

설하나라는 이름의 노마드는 곧바로 창문을 넘어 보트에 뛰어 올랐다. 유봄의 빠른 결정과 설하나의 빠른 탑승에 한동은 입만 뻐끔거리며 아무 말도 하지 못했다.

"저는 유봄, 얘는 제 친구 한동이에요. 이제 어떻게 하면 되죠?"

뒤따라 보트에 뛰어오른 유봄이 순식간에 통성명까지 마쳤다.

"내가 잠깐 운전대를 잡을게."

한동을 가볍게 밀치며 운전대까지 잡은 설하나는 곧바로 보트를 몰아 아파트의 동과 동 사이의 작은 틈새로 향했다. 보트 하나가 겨우 지나갈 수 있는 정도의 작은 틈새였다. 여기로 빠져나가겠다고?

"이건 자살행위예요!"

한동이 소리쳤다. 해적들은 포위전에 능했다. 좁은 틈새를 빠져나가게 되면 보트의 속도가 느려질 수밖에 없었고, 만약 틈새에 갇힌 채 포위를 당하게 된다면 다른 곳으로 도망칠 방법조차 없었다.

"자자, 진정하시고, 조금만 더 갈게."

틈새에 진입한 설하나는 천천히 보트를 몰더니 골목의 한 가운데에서 멈췄다.

그렇다. 빠져나가는 게 아니라 멈췄다. 다음 순간 설하나의 행동은 더욱 충격적이었다. 설하나는 그대로 핸들을 버려둔 채 갑판으로 뛰어 올라갔다. 마치 '나를 쏘시오!'라고 온몸으로 도발해 해적들의 표적이라도 되겠다는 기세였다. 절망에 찬 표정을 짓는 한동을 뒤로한 채 유봄도 설하나를 따라 갑판으로 뛰어올랐다.

"분명 여기쯤이었는데…."

설하나는 보트 아래, 찰랑찰랑 흔들리는 물결 사이를 헤집으며 무언가를 찾고 있었다. 유봄도 곁에서 그 시선 끝을 좇다가 '무언가'를 발견했다.

"파도의 모서리잖아?"

"찾았다! 워프 존(Warp Zone)이야!"

"네?"

"보면 알아!"

"아니, 그러니까!"

두 사람이 찾은 건 같았지만 부르는 이름이 달랐다. 그 순간 탕! 귀를 찢는 듯한 총소리가 났다. 한동이 뒤를 쫓아온 해적선을 향해 발포하는 소리였다. 유봄은 이곳에서는 시간을 얼마나 되돌릴 수 있을지 가늠했다. 일주일? 한 달? 그게 무슨 의미가 있을까? 지금이라도 골목을 빠져나가는 게 낫지 않을까?

하지만 곧바로 그 선택지는 사라졌다. 골목 앞쪽에서도 해적선이 나타났다. 이제 앞뒤로 포위되어 독 안에 든 쥐 꼴이 되었다. 해적들은 포위전에 능했다.

앞쪽의 해적선이 보트 앞에서 우뚝 멈춰 섰다. 잠시 후 갑판 위에서 익숙한 얼굴이 나타났다. 여전히 제멋대로 헝클어진 장발, 미역 같은 머리카락 사이로 보이는 사납고도 위험한 눈빛. 지난 가을, 오리배에 올라타 유봄을 식칼로 위협했고, 다른 우주에서 추월을 살해했던 그 해적이었다. 그 잊을 수 없는 장발의 해적이 이번에는 식칼 대신 장총을 들고 서 있었다.

유봄도 권총을 들어 그를 마주 겨냥했다. 팽팽한 긴장감 속에서 시간이 더디게 흘러갔다. 왜 바로 쏘지 않는 것인지, 무슨 속셈인 것인지 대치가 길어지는 것에 슬슬 의문이 들 무렵, 붉은 옷을 입은 남자가 다리를 절뚝거리며 모습을 드러냈다. 해적 선장. 유람선에서 이 배로 옮겨 탔구나.

"아가씨, 다시 만나니 무척이나 반갑군."

유봄은 그제야 왜 해적들이 이토록 집요하게 마포까지 추격해 왔는지를 깨달았다. 그들의 목적은 한동이 아니었다. 유봄에게 총을 맞은 해적 선장이 복수하러 온 것이었다.

"우린 정산해야 할 게 있지?"

해적 선장이 손을 내밀자 장발의 해적이 장총을 넘겨주었다. 선장은 느긋하게 장총을 들고는 이쪽을 겨냥했다. 유봄이 표적이라는 건 바보라도 알 수 있었다. 짧은 대치는 끝났다. 이젠 정말 일촉즉발이었다.

"오랜만이야, 점장."

그 순간 느닷없이 설하나가 고개를 들고 아는 척했다. 선장의 눈썹꼬리가 꿈틀했다.

"점장 아니고 점장님. 내가 '님' 자 붙이랬지, 설하나 매니저."

매니저? 옆에서 동이가 소곤거렸다.

"거 봐. 해적과 아는 사이잖아! 우린 속은 거야."

유봄은 대답 대신 한동의 옆구리를 쿡 찔렀다. 얘는 왜 이리 눈치가 없니. 지금까지 어떻게 살아남았대?

"여전히 해적 놀이 하면서 쓰레기같이 살고 있네."

설하나의 도발적인 언행에 선장의 눈동자가 순간 광기로 번들거렸다.

"그러는 넌 어디 가서 곱게 뒈진 줄 알았더니, 한주먹 거리도 안 되는 것들과 거기서 뭘 하고 있는 거냐?"

"똑바로 걷기나 하셔. 지금은 점장 당신이 나한테 한주먹 거리도 안 될 거 같은데?"

설하나가 선장의 절뚝거리는 다리를 지적하며 생긋 웃었다. 그 조롱 섞인 미소에 선장이 이를 갈았다.

"옛정을 봐서 목숨만은 붙여줄까 했더니. 아주 죽고 싶어 안달이 났구나. 조금만 기다려. 먼저 저 아가씨부터 처리하고, 금방 죽여줄 테니."

"주제에 어디 할 수 있으면 해 봐."

설하나가 코웃음쳤다. 어쩌자고 계속 도발을. 결국 남은 이성이 모두 날아간 선장이 손가락을 방아쇠에 거는 게 보였다. 그 사이 곁에 다가온 한동도 선장에게 총구를 겨누고 있었다. 이제 누가 먼저 쏘느냐의 싸움이었다. 그리고 절대로 조준에 실패하면 안 되는 단 한 발이었다. 해적 선장과 유봄, 한동이 동시에 방아쇠를 당기려는 순간 설하나가 손을 아래로 늘어뜨려 파도를 만졌다.

탕?!

*

끼룩끼룩.

마땅히 났어야 할 총소리 대신 어디선가 갈매기 울음소리가 들렸다. 햇살도 찬란히 눈부셨다. 고개를 들고 주위를 둘러보니 망망대해였다. 혹시 시간을 되돌렸나 했지만 그것도 아니었다. 유봄도 한동도 설하나도 보트에 타고 있던 마지막 자세 그대로 그 자리에 어정쩡하게 서 있었다. 그리고 다행인지 불행인지 유봄은 차마 방아쇠를 당기지 못했다.

잠시 후 설하나의 호탕한 웃음소리가 들렸다.

"으하하하, 이게 진짜 되네! 이렇게 큰 배도 되는구나! 이 방법이면 유람선도 탈취할 수 있겠어."

이윽고 정신을 차린 유봄이 질문했다.

"뭐가 어떻게 된 거죠?"

"말했잖아. 워프 존이라고! 거기서는 공간 이동을 할 수 있어! 이건 정말 업계 기밀인데 특별히 너희한테만 보여준 거야."

"네? 공간 이동이라고요? 파도의 모서리는 과거로 시간을 되돌리는 곳인데…."

"뭐? 시간을 되돌린다고?"

두 사람은 서로의 얼굴을 멍하니 바라봤다.

얼마간 침묵의 시간을 보낸 뒤 두 사람은 서로 간에 심각한 정보의 비대칭이 있음을 깨닫고, 각자 알고 있는 정보를 하나씩 교환하기 시작했다. 유봄이 새롭게 알게 된 사실은 파도의 모서리가 시간 복제 외에도 공간 도약의 기능이 있다는 것이었다.

유봄이 주머니에서 추월이 준 지도를 꺼내 보이자 설하나의 눈도 휘둥그레졌다. 워프 존이 거미줄 모양이라는 사실에 꽤 놀란 모양이었다. 그동안 서울의 북서쪽에서 남동쪽을 관통하는 직선거리의 이동만 경험했던 것이다. 지도를 뚫어져라 응시하던 설하나가 갑자기 의미심장한 미소를 지었다.

"나 잠깐 어디 좀 다녀올게."

설하나가 겨울 파도를 맨손으로 휘저었다.

"앗, 언니! 어디 가요?"

유봄의 말이 다 끝나기도 전에 설하나는 잘려 나간 파도의 일부와 함께 사라졌다. 멍하니 옆을 돌아보니 한동이 어안이 벙벙한 표정으로 입만 떡 벌리고 있었다. 뭐라고 놀릴 처지는 아니었다. 유봄 또한 틀림없이 그와 비슷한 표정을 하고 있었을 테니.

대체 뭘 어떻게 한 거지? 유봄은 손을 내밀어 파도의 모서리를 만져 보았다. 시간들. 그곳엔 오직 과거의 시간들밖에 없었다. 그 순간 무언가 파도에서 일렁였다. 유봄은 본능적으로 손을 떼고 한동을 향해 외쳤다.

"후진! 당장 후진!"

유봄의 호통에 깜짝 놀란 한동이 보트를 급하게 뒤로 뺐다. 그 순간 눈앞에 커다란 물보라가 솟구치며 선장이 타고 있던 해적선이 출현했다. 그 사실만으로도 놀라웠지만, 더 놀라운 건 그 해적선에 뱃머리만 남아 있다는 사실이었다. 배의 뒷부분은 공간이 잘려나간 듯 매끈하게 사라져 있었다. 해적선과 함께 나타난 설하나가 보트 위에 사뿐히 착지했다.

"매니저! 무슨 짓을 한 거야?"

"마녀! 마녀다!"

뱃머리에 타고 있던 선장과 장발 해적이 비명을 질렀다. 그도 그럴 것이 뱃머리만 남은 배가 온전히 떠 있을 리 없었다. 서서히 침몰하는 해적선을 보며 설하나가 깔깔 웃었다.

"맞아, 내가 이 서쪽 바다의 마녀다!"

이윽고 차가운 겨울 바다에 빠진 해적들이 살기 위해 몸부림치자 설하나가 보트에서 훌쩍 뛰어내렸다. 파도의 모서리에 설하나의 몸이 닿는 순간 해적들과 설하나가 공간과 함께 사라졌다. 이제 유봄은 어디서 놀라야 할지도 감을 잡을 수 없었다.

잠시 후 허공에서 바닷물이 비처럼 쏟아져 내리며 설하나가 다시 나타났다. 유봄과 한동을 본 설하나가 장난스럽게 웃었다.

"나, 이거 재능 있나 봐."

"해적들은 어떻게 됐어요?"

"아차산에 던져두고 왔어."

"아차…산에요?"

"그래. 산적으로 새출발하라 그래."

＊

10분 뒤, 세 사람은 보트 위에서 캔 커피를 하나씩 까먹고 있었다.

"그러니까, 그 해적 선장이 언니가 일하던 피트니스 센터의 점장이었다고요?"

"그래. 난 거기 매니저였고. 처음 트레이너로 시작할 때부터 함께였으니까, 꽤 오래 봤던 사이지."

유봄은 해적 선장의 덩치와 팔뚝을 떠올렸다. 어쩐지 몸이 지나치게 우락부락하더라니.

"아까 들었지? '한주먹 거리도 안 되는 것들'. 그 사람은 예전에도 그 말을 입에 달고 살았어. 육체적으로는 그렇게 강인할 수가 없는 사람이 현실에서는 늘 박봉에 무식한 사람 취급만 받다 보니 정신적으로 병이 든 거지. 한주먹 거리도 안 되는 것들에게 회원님, 회원님 굽신거려야 한다며 늘 불만이 많았어."

유봄은 고개를 끄덕였다.

"그래도 해일 이후에는 무시당하진 않으셨겠네요."

"맞아. 그 사람은 오히려 해일을 하늘이 준 기회라고 생각했어. 드디어 우월한 신체 능력이 전부인 시대가 왔다며. 마치 그간 당했던 설움에 대해 복수라도 하듯이 해적단을 만들고, 약한 사람들을 갈취하기 시작했지. 난 그 잔인하고 멍청한 무리에 끼기 싫어서 도망 나온 거야."

설하나가 몸서리쳤다. 더 오래도록 이야기를 나누고 싶었지만 유봄에겐 시간이 별로 없었다. 어느새 서쪽 하늘이 노을로 붉게 물들어 가고 있었다. 2월 16일, 오늘이 끝나기 전에 잠실에 도착해야만 했다.

하지만 그 전에 반드시 해야만 하는 일이 있었다. 설하나에 따르면 워프 존, 즉 파도의 모서리에서는 마치 지하철처럼 한 정거장씩 직선으로 '시간 변화 없는 공간 도약'이 가능했다.

이건 중요한 정보였다. 어쩌면 이번 패턴 변화로 얻어낸 가장 큰 성과일지도 몰랐다. 만약 서른아홉 번째의 자신이 실패하더라도 이 정보를 추월에게 꼭 전달할 필요가 있다는 생각이 들었다. 마흔 번째의 자신이 한 발짝이라도 더 미래를 향해 전진할 수 있도록 말이다.

"언니. 부탁이 하나 있어요."

유봄은 지도를 설하나의 손에 쥐여주면서 파도의 모서리에서 공간 도약이 가능하다는 사실을 추월에게 전해달라고 부탁했다.

"그 노인은 뭐 하는 사람인데?"

"음, 과학자? 마법사? 미치광이? 아니, 아무튼,"

유봄은 자신이 겪은 일을 설하나에게 간략하게 설명했다. 원래부터 정착민보다는 유목민 성향이 강했던 설하나는 흔쾌히 마포를 버리고 영등포로 가겠다고 했고, 지도를 보며 모서리 길을 따라 도약할 경로를 고민했다. 보트는 유봄과 한동이 사용해야 했기에 맨몸으로 도약해 겨울 바다에 빠져 심장이 얼어붙기 전 다음 도약을 해내야 했다. 쉽지는 않겠지만 무사히 도착만 잘 해낸다면 그곳에는 이 겨울을 거뜬히 나고도 남을 만큼의 풍부한 식량과 자원이 있다는 사실이 설하나의 마음을 사로잡은 듯했다.

"그곳에 햄과 참치가 있단 말이지?"

"햇반도 엄청 많아요."

"유목민이 언젠가 정착할 유토피아가 있다면 바로 그런 곳이지. 봄아, 돌고 돌다 살아서 또 만나자!"

"고마워요, 하나 언니!"

어느새 언니 동생으로 호칭을 정리한 두 사람을 어이없다는 표정으로 보고 있는 한동의 등짝을 후려친 뒤 구명조끼 하나만 달랑 걸친 설하나를 전송했다. 익숙한 솜씨로 정확히 필요한 물건들만 가지고 바다 위에서 공간을 잘라 도약하는 설하나의 모습은 감탄을 자아냈다. 저 정도로 미세한 조정이 가능하다니 뭔가 공간에 대한 감각적인 재능이 있다고 봐도 좋을 것 같았다.

유봄은 설하나가 떠난 자리에 남아 있는 파도의 모서리를 다시 만져봤지만 아무리 해도 유봄에겐 복제된 과거의 시간들밖에 보이지 않았다. 사람에 따라 다르게 보이는 것일까? 유봄은 역시 4차원이란 인간의 지성으로 도저히 이해할 수 없는 것이라 생각했다.

설하나가 떠난 보트에는 다시 유봄과 한동, 두 사람만 남았다.

"그럼 우리도 갈까?"

한동의 물음에 유봄은 고개를 끄덕였다. 그렇게 두 사람은 다시 잠실로 출발했다.

*

밤공기가 시리도록 차가웠다. 저 멀리 롯데월드타워 꼭대기에서 붉은빛이 선명하게 흔들리며 자신의 위치를 알리고 있었다. 인공적인 불빛이 거의 없는 시대였기에 더욱 눈에 띄었다. 동이 말에 따르면 야간 경계근무를 설 때 각자 자신의 위치를 파악하는 등대 역할을 하기 위해 땔감으로 불을 피우고 있는 거라 했다. 예전부터 롯데월드타워가 영화 '반지의 제왕'에 나오는 '사우론의 눈'을 닮았다는 얘기가 있었는데 이렇게 어둠 속에서 꼭대기만 붉게 타오르고 있으니 더더욱 그 어둠의 군주가 지배하는 탑을 연상케 했다.

높이란 곧 권력이다. 그리고 롯데월드타워는 서울 시내 어디서도 볼 수 없는 압도적인 권력을 행사하고 있는 '부동산'이었다. 혹시 빙하에서 탄생한 문제의 그 '4차원 거미'도 가장 높은 곳에서 세상을 내려다보기 위해 이곳을 중심으로 삼은 것 아닐까? 어쩌면 번개가 피뢰침에 떨어지듯 우주에서 떨어진 무언가가 하필 롯데월드타워로 떨어진 것일지도 몰랐다. 유봄과 한동은 그런 생각들을 주고받으며 마침내 목적지인 잠실로 진입했다.

"갑자기 내린 눈 때문에 길을 잃어 해적들과 마주치는 바람에 복귀가 늦었다고 보고하려고. 실제로 총격전까지 벌이는 바람에 배도 이 모양이 되었으니 나를 의심하지는 않을 거야."

"그래도 조심해."

그 밤도 유봄은 왜 눈이 오는 날에 탐사조인 한동이 영등포를 방문하는 패턴이 만들어진 것인지 깨닫게 되었다.

'동이는 눈 핑계를 대고 부대를 이탈해 영등포에 들를 생각이었구나.'

미래의 패턴이라는 것은 때때로 사소한 이유로 결정된다.

"그런데 지난번에도 말했지만 아무리 찾아봐도 타워 안에는 파도의 모서리가 안 보이더라고. 정말 이번에 봄이 네가 가면 찾을 수 있을까?"

"글쎄. 가보면 알겠지. 어쨌든 다른 모서리들의 위치를 보면 논리적으로 타워에 있어야 하잖아?"

유봄은 가방에서 스타벅스 텀블러를 꺼내 바닷물을 가득 채웠다.

"혹시 물이 없으면 안 보이는 거 아닐까? 난 이번에 가서 바닷물을 한번 허공에 부어보려고."

텀블러를 하늘로 힘껏 뿌리자 바닷물이 달빛에 부서져 아름답게 반짝였다. 말은 그렇게 했지만 사실 유봄 스스로도 확신은 없었다. 지금은 기발하다고 생각한 이 아이디어조차 서른아홉 번째 똑같이 반복된 평범한 시도 중 하나일 뿐이고, 이번 시도 역시 평범한 실패로 끝날지도 몰랐다. 하지만 그런 생각에 사로잡히면 무슨 짓을 하더라도 자신을 믿을 수 없을 것이고, 영원히 돌파구를 찾을 수도 없을 것이다.

지금 유봄에게 필요한 건 확신을 가지고 밝은 미래를 상상하는 것. 아니, 꼭 밝지 않아도 좋다. 언젠가 도달해 있을 최선의 결말을 상상하는 것. 그것만이 유봄이 갈 수 있는 단 하나의 길이었다. 희망은 인간을 살아가게 한다. 인간을 죽이는 건 언제나 절망이다.

자기 최면을 걸며 달빛을 바라보는 유봄을 지켜보던 한동이 나직한 목소리로 말했다.

"봄아, 꼭 성공하지 못해도 괜찮아. 너무 부담 갖지 말고, 아니다 싶으면 지금이라도 도망가자. 생각해 봐. 우린 얼마 전까지만 해도 어느 하나 특별할 것 없는 평범한 학생들이었잖아. 그런 우리가 목숨을 걸면서까지 지구를 구하러 갈 이유는 세상 어디에도 없어."

오히려 그 말이 유봄에게 더 강한 확신을 심어주었다.

"동아, 걱정 마. 나 이거 하고 싶어서 하는 거고, 또 잘할 수 있을 거 같아. 그리고 지구를 구하러 가는 거 아니야. 지구는 지극히 멀쩡하니까. 그 멀쩡한 지구가 인간을 멸종시키려 해서 문제지. 우린 다만 스스로를 구하기 위해 가고 있는 거야."

"그래. 네 말이 맞다."

머리를 긁적이며 잠시 머뭇거리던 한동이 입을 떼었다.

"봄아."

"왜?"

"난 그래도 세상의 마지막 날에, 그러니까 마지막 날이라는 게 아직 실감나진 않지만. 그래도 지금 이 순간 너와 함께 있어서 좋아. 지구가 멸망하든 어쨌든, 그러니까 그런 건 잘 모르겠고,"

한동이 심호흡하듯 눈을 꾹 감았다 뜨곤 유봄을 바라봤다.

"봄이 널 좋아해."

"뭐래?"

갑작스러운 직진 멘트에 약간 당황한 유봄이 핀잔을 주며 농담으로 어떻게든 넘겨보려 했지만 마땅한 농담이 떠오르지 않았다. 앞 유리가 깨진 보트 안으로 겨울바람이 매섭게 들이쳤음에도 어쩐지 얼굴에 열이 올랐다.

하지만 지금 저 마음에 대답하면 정말로 세상의 마지막 날이 되어버릴 것 같아서, 내일이면 동이가 했던 모든 말들이 기억에서 리셋되어버릴 것만 같아서 도저히 대답을 할 수가 없었다.

"동아, 그 얘기 내일 다시 해줄래?"

"내일?"

"그래, 내일 꼭."

이렇게 내일이 와야 할 이유를 만들어 버렸다. 한동은 피식 옅은 웃음을 터뜨리더니 한결 후련한 듯한 얼굴로 말했다.

"백 번이라도 다시 해줄게. 그러니까 오늘만큼은 무슨 일이 있어도 넌 내가 꼭 지킨다."

"퍽이나. 네 몸이나 지키세요."

몇 마디 말이 오갔을 뿐인데, 그리고 말에는 온기가 있을 리 없는데 어쩐지 아까보다 덜 추운 것 같았다.

잠실 근처의 초소가 가까워지자 한동은 기어를 조절해 보트 속도를 서서히 줄였다. 유봄은 계획대로 모포를 뒤집어쓰고 몸을 숨겼다. 다시 칼날 위에 선 것 같은 긴장감을 유지해야 하는 시간이 돌아왔다.

야생의 삶이라는 것이 이렇게 날 선 긴장의 연속이라는 사실을 해일 이전에는 미처 몰랐었다. 먼 옛날 인류의 조상들은 대체 어떤 마음으로 생존해 온 걸까?

"어이, 한동! 이번에는 엉망으로 당했네. 해적이야?"

"예, 병장님. 진짜 죽는 줄 알았습니다."

"조심히 다녀. 그러다 죽으면 너만 손해야."

"예, 감사합니다. 충성!"

초소를 지키는 군인은 다행히 한동과 잘 아는 사이인 것 같았다. 초소를 통과하자 한동은 다시 보트에 속도를 붙여 부두가 있는 타워 12층 안쪽으로 진입했다. 유봄이 탈출하던 날과 달리 의자에 따분하게 앉아 있는 군인 둘만 보였다.

한동은 배를 구석에 댄 후 건물 바닥으로 올라섰다.

"충성! 신고합니다."

한동이 시선을 끌며 복귀 신고를 하는 동안 유봄은 재빨리 한동이 미리 알려준 배로 이동했다. 응급상황을 위한 구급선으로 평상시에 거의 사용하지 않아 숨어 있기 좋을 거라 했다. 일부러 저녁 점호 시간이 한참 지난 뒤에 들어왔기 때문에 타워는 어둡고 조용했다.

한동은 유봄이 예정대로 잘 숨어 있음을 눈으로 확인한 후 당직사관을 데리고 보트에 갔다. 잠시 후 영등포에서 미리 실어둔 라면과 참치 캔 박스를 꺼내 내용물을 보이자 유봄이 숨어 있는 곳까지 들릴 정도로 커다란 감탄사가 나왔다. 당직사관이 한동의 어깨를 두드리는 것이 보였다. 애초에 한동은 식량 수색을 목적으로 나온 것이기 때문에 목적을 달성해 오기만 하면 보트가 파손된 채 늦게 돌아오더라도 잘 넘어갈 수 있을 거라는 말이 사실이었다.

한동은 계획대로 라면을 권하며 부두 입구를 지키고 있던 군인 두 사람과 함께 당직사관실로 들어갔다. 유성 펜 같은 것으로 누군가 벽에다 '당직사관실'이라 대충 써놓은 방이었다.

이제 유봄이 나설 차례였다. 라면을 끓이는 시간 5분, 라면을 먹는 시간 10분. 약 15분의 시간 동안 파도의 모서리를 찾아야 했다. 유봄은 손목시계로 시간을 계산하면서 부두 주변의 바다를 살폈다. 하지만 아무리 샅샅이 훑어봐도 파도의 모서리는 흔적조차 보이지 않았다.

유봄은 가방에서 스타벅스 텀블러를 꺼냈다. 그리고 건물의 중심부라고 생각되는 곳에서부터 바닷물을 뿌리며 공간이 왜곡되는 곳을 찾기 시작했다. 하지만 그 어디에서도 파도의 모서리는 나타나지 않았다. 몇 번이고 텀블러에 바닷물을 채워 구석구석 뿌려봤지만 허사였다. 거미줄의 중심부에는 정말 아무것도 없는 것일까, 아니면 유봄이 못 찾는 것일까.

'4차원 거미야, 어디 숨었니?'

유봄은 손목시계의 날짜를 다시 한번 확인했다. 2월 16일. 노인의 말대로라면 분명 오늘이 이 세상의 마지막 날이었다. 적어도 오늘은 파도의 모서리가 이곳에 있어야만 했다. 노인의 가설을 계속 믿을 것인가, 아니면 수정할 것인가.

유봄은 초조하게 머리를 굴리며 타고 온 보트와 구급선이 있는 쪽을 바라보았다. 벌써 15분이 다 되어가고 있었다. 일단 다시 숨어야 하나.

만약 이번에도 타워 내부에서 파도의 모서리를 발견하지 못한다면, 숨어서 기회를 엿보다가 한동과 함께 타워 주변을 돌아보기로 했다. 아무래도 추월이 종이 지도 위에 자를 대고 손으로 그린 거미줄이었기에 정확한 위치는 다소 오차가 있을 수도 있겠다는 생각 때문이었다. 유봄의 고민을 아는지 모르는지 어두운 파도 위에서 배들이 한가롭게 출렁이고 있었다. 어떻게 외벽과 바닥을 깨서 이렇게 거대한 건물의 실내에 부두를 만들 생각을 했을까. 원래는 동그란 형태였을 건물 바닥의 일부가 활 모양으로 깎여나가 있어, 드러난 바닷물이 초승달처럼 보였다.

배들이 가지런히 정박한 초승달 바다. 그 모습을 보는 순간 어떤 생각이 유봄의 머리를 스쳤다. 잠수하자! 이 건물의 한가운데는 아직 드러나지 않은 바닥 아래에 잠겨 있었다. 즉, 진짜 중심부의 바다는 아직 확인하지 못한 셈이었다. 추월의 가설이 맞다면 빙하가 녹으며 태어난 4차원 거미는 아마도 바다에 사는 해양 생명체 같은 존재였다. 그러니 이렇게 지상에서 바닷물을 허공에다 뿌릴 것이 아니라 물속으로 들어가 아래층을 봐야 하는 것이었다.

하지만 밤이었고 바다는 먹물처럼 새까맸다. 잠수를 하더라도 불빛이 없다면 시야 확보가 어려울 듯했다. 잠수장비가 있으면 좋겠지만, 있다 하더라도 사용법도 몰랐다. 게다가 장비까지 챙겨가며 여유롭게 준비할 수 있는 상황은 아니었다. 일단 급한 대로 어두운 곳을 비춰줄 도구부터 찾기 시작했다. 손전등이라도 있으면 좋으련만. 맞다, 비상계단! 지난번 여길 탈출할 때 그곳에서 본 게 있었다. 지체 없이 비상계단의 철문을 열고 벽을 살폈다. 빙고! 기억대로 벽에 손전등이 하나 걸려 있었다.

벽에서 뽑자마자 손전등에 불빛이 자동으로 들어왔다. 다행히 아직 작동하고 있었다. 계획했던 15분은 이미 초과했다. 서둘러야만 했다. 마음이 급해진 유봄은 철문을 다시 열고 밖으로 뛰쳐나가려 했다. 그러나 문을 열자마자 이마에 차가운 금속성 물체가 닿았다.

"이게 누구신가?"

철컥! 총알이 장전되는 섬뜩한 소리. 유봄의 이마를 겨누고 있는 건 다름 아닌 권총이었다.

"라면 냄새를 따라왔더니 의외의 선물이 있었네? 그때 내가 너 때문에 얼마나 곤란했는지 알아?"

잊을 수 없는 선글라스, 모기철 대위였다. 대체 누가 누구 때문에 곤란했다는 건지. 여전히 말 같지도 않은 소릴 지껄이고 있었다. 여름도 아닌데 웬 모기가 기승을 부리는 거지?

유봄은 곧바로 권총을 들어 맞겨냥하려 했다. 하지만 모기철 대위가 군홧발로 다리를 사정없이 걷어차는 바람에 속수무책으로 나자빠졌다. 유봄의 권총은 요란한 소리를 내며 바닥을 굴렀고, 모기철 대위는 여유롭게 그걸 집어 들었다. 갑작스러운 소란에 당직사관실의 문이 열렸다.

"모 대위님, 이게 무슨 일입니까?"

"별것 아닙니다. 잃어버린 걸 다시 찾았을 뿐입니다."

모 대위가 비릿하게 웃으며 유봄을 아래위로 훑어봤다. 여전히 사상 최악의 남자였다. 그는 유봄의 권총에서 거침없이 탄창을 뽑아내더니 남은 총알 수를 확인했다.

"한 발밖에 안 남았네? 축하해. 너도 이제 우리와 다를 바 없는 살인자야. 덕분에 민간인을 죽였다는 죄책감은 가지지 않아도 되겠어."

"아무도 죽이지 않았거든요?"

"그걸 나보고 믿으라고?"

"하수진 중위님은 무사하신가요?"

"무사하겠냐? 내가 그 재수 없는 년을 가만히 내버려뒀을 것 같아?"

"나쁜 새끼."

유봄은 이를 악물며 선글라스를 노려보았다. 그 시선을 즐기기라도 하는 듯 모기철 대위는 입가에 조롱 섞인 미소를 지었다. 바로 그때였다. 한동이 망설임 없이 성큼성큼 다가와 모기철 대위를 향해 총을 겨누었다.

"한동 병장? 이게 무슨 짓이지?"

"동아!"

유봄이 한동을 부르자 모기철 대위의 표정이 꿈틀거렸다.

이것 봐라, 하는 표정이었다.

"둘이 무슨 사이지?"

한동은 대답하지 않고 유봄의 앞을 가로막아 섰다. 그 틈에 유봄은 재빨리 일어났다.

"당장 총 내려놔. 즉결 처분으로 사살되기 싫으면."

모 대위의 싸늘한 말투에 잠깐 동안 긴장감이 넘치는 팽팽한 대치 상태가 이어졌다. 당장이라도 그 자리에 있는 누구 하나가 죽을 수 있는 위험한 순간이었다. 모 대위는 먼저 방아쇠를 당기고도 남을 사람이었으니까. 이윽고 한동이 체념한 듯 천천히 총을 든 손을 내렸다. 그리고 나머지 한 손으로는 유봄의 손을 꼭 붙잡았다. 그 손이 따뜻했다. 다정하기도 해라.

문득 시선이 느껴져 고개를 들자 한동이 입으로 말했다. 목소리는 없었지만 그 입 모양을 읽을 수 있었다.

– 도망가.

유봄은 눈으로 비명을 질렀다.

'아니, 동아! 지금 무슨 생각을 하는 거야? 이 상황에서 도망가라니?'

그 순간 한동이 유봄을 왈칵 비상계단의 철문 안으로 밀어넣고는 그대로 문을 쾅 닫아버렸다. 탕! 철문이 닫히자마자 유봄은 끔찍하게 울려 퍼지는 총성을 들어야 했다.

"동아!"

유봄은 철문을 다시 열고 싶은 충동을 가까스로 참아냈다. 야만의 시대를 살아가는 인류에게 고민하거나 망설일 시간이란 사치에 불과했다. 한동이 목숨을 걸고 열어준 기회를 살려내야 했다. 유봄은 뒤돌아섰다. 어둠 속에 희미한 불빛을 뿌리고 있는 손전등을 바닥에서 집어 들었다. 눈앞에는 비상계단이 있었다. 다시 선택의 순간이었다. 위로? 아래로?

위로 오르게 된다면 적당한 층에 숨어들어 추적자를 따돌린 다음 다시 기회를 봐서 부두로 내려가야 했다. 하지만 이곳의 지리를 모르는 유봄 혼자서 곳곳에 지키고 있을 군인들을 모두 따돌리며 돌파하기란 쉽지 않을 것이다. 게다가 모기철 대위도 아마 위로 뒤쫓아올 것이다. 한동의 도움 없이 혼자서 성공할 확률은 희박했다.

반면 아래층은 계단 중반부터 물에 잠겨 있어 처음부터 정상적인 선택지로 보기 어려웠다. 물론 조금 전 유봄은 아래층으로 잠수를 시도하고자 했었다. 하지만 그건 배가 정박해 있는 부두에서 잠수할 때의 얘기였고 문제는 지금 이곳이 비상계단이라는 것이었다. 계단실에서 아래층으로 잠수해서 철문을 열고 나갈 수 있을까?

하지만 성공 확률 같은 걸 차분히 따질 여유는 없었다. 무엇보다도 해일 이후 유봄의 선택 기준은 하나였다. 그것이 아무리 미약한 희망이더라도, 심지어 절망에 가까운 희망이더라도 포기하지 말고 희망이 있는 방향으로 나아갈 것. 에라 모르겠다. 해볼 수밖에! 이 세상의 마지막 날에 못 할 일이 뭐가 있으랴.

유봄이 비상용 손전등을 들고 몇 계단을 내려가자 금세 날선 칼날처럼 차가운 바닷물이 신발 속으로 스며들어왔다. 벗을 수는 없었다. 물 위에 떠다니는 신발을 보면 뒤쫓아온 군인들이 곧바로 유봄의 위치를 눈치챌 테니까. 이를 악물고 몇 걸음 더 내려가자 어느새 허리를 지나 가슴께까지 물에 잠겼다. 심장이 멎을 것처럼 저릿저릿한 오한이 몸을 타고 올라오는 걸 견디려 양팔로 가슴을 부여안았다. 과거의 유봄은 추운 걸 질색해서 평생 냉탕에 들어가 본 적조차 없었는데! 하지만 이제 와서 무를 수는 없었다.

쾅! 그때 등 뒤에서 철문이 신경질적으로 열리며 역광에 비친 검은 형체가 뛰어들었다. 모기철 대위였다. 그 뒤로 군복을 입은 두 사람이 따라 들어왔다. 동이는? 없었다. 최악의 상황. 유봄은 손전등으로 아래층 철문의 위치를 확인한 후 숨을 크게 들이쉬고 칠흑 같은 물속으로 뛰어들었다.

"죽여버릴 거야!"

모기철 대위가 총부리를 겨눔과 동시에 탕! 커다란 총성이 비상계단에 울렸다. 찰나의 순간, 뒤를 돌아본 유봄의 눈에 마지막으로 들어온 건 모기철 대위가 옆구리를 부여잡고 쓰러지는 모습이었다. 왜 모기철 대위가? 유봄의 뇌리에 의문이 스쳤지만 이미 잠수를 시작한 순간부터 카운트다운은 시작된 거나 다름없었다. 폐 속에 남은 숨이 다하기 전에 철문을 열고 파도의 모서리를 찾아야 했다.

사실 유봄은 수영을 곧잘 하는 편이었다. 어릴 때 배운 것을 몸이 기억하기도 했지만 대학교 때 수영 수업을 들으면서 자신감이 더 붙었다. 육상동물인 인류가 수영을 배워야 하는 이유는 역사적으로 수백 가지가 있었겠지만, 그중 지금처럼 지구가 바다에 잠길지도 모른다는 이유는 어디에도 없었으리라. 만약 유봄이 과거로 돌아가서 수영 교사가 된다면 물안경 없이 수영하는 법부터 가르칠 것이다. 아무리 수영을 잘해도 쓰라린 바닷물 속에서 고통을 참고 눈을 뜨는 법을 터득하지 못한다면 다 부질없단 걸 알게 되었기 때문이다.

아래층 철문을 손으로 더듬던 유봄은 마침내 손잡이를 내려 당겼다. 물속에서는 힘이 잘 안 들어가서 발로 벽을 밀어야 했다. 육중한 문이 속이 터질 정도로 느릿하게 열렸다. 여전히 숨을 참고 있었다. 유봄은 허겁지겁 손과 발을 저으며 서둘러 파도의 모서리를 찾았다. 하지만 물속은 온통 탁하고 어두웠고 사물들의 형체는 구분하기조차 힘들었다. 파도의 모서리가 있더라도 맨눈으로 식별할 수 있을지 의문이 들었다.

게다가 서서히 호흡이 달리기 시작했다. 폐를 찌르는 듯한 고통 속에서 유봄에게 익사의 공포가 찾아오기 시작할 무렵, 건물 중앙에 천장이 부서져 내려 작은 구멍이 뚫린 곳이 보였다. 그곳에서 머리를 내밀면 숨을 쉴 수 있을 것 같았다. 극한의 고통을 이겨내며 필사적으로 팔을 휘저어 그곳으로 헤엄쳐 갔다. 하지만 도착한 순간, 유봄은 절망에 빠졌다. 천장은 단단하고 멀쩡했다. 신기루였나? 결국 이렇게 허망하게 죽는 결말이었구나.

마지막 숨이 다하며 벌컥 물을 들이마셨다. 왜 인간은 아가미 호흡을 할 수 없는가! 인류의 진화 과정을 원망하던 그때, 유봄의 머리를 스치는 생각이 하나 있었다. 분명 유봄은 천장이 내려앉은 것을 똑똑히 보았다. 자신이 헛것을 본 게 아니라면? 아마도 공간이 왜곡된 것이다. 물론 유봄은 그런 현상을 잘 알고 있었다. 마지막 희망을 안고 팔다리를 버둥거리며 필사적으로 파도의 모서리를 찾았다. 그리고 마침내 '그것'에 손이 닿았다.

유봄은 '연결'되었다.

*

'그곳'에는 1년 전의 시간들이 있었다. 유봄이 따릉이를 타고 한동을 만나러 가던 시간이 있었다. 비록 다시 사이렌이 울리고 해일이 밀려오겠지만 유봄은 원한다면 '지금' 바로 그곳으로 돌아가서 한동을 다시 기다릴 수 있었다. 유봄은 알 수 있었다. 유봄이 연결된 것은 그저 낱개의 모서리가 아니었다. 모든 모서리는 바로 이곳에서부터 사방으로 뻗어나가고 있었다.

이곳은 모든 모서리를 이어주는 중심부였고, 이곳에서는 1년이라는 우주 전체를 복제해서 새롭게 생성할 수 있었다. 심지어 자기 자신조차도 과거의 기억과 과거의 몸으로 재구축될 수 있었다. 그러니까 모든 기억을 잊은 채로 말이다. 유봄은 스스로도 놀랄 만큼 이 모든 우주를 1년 전으로 되돌리고 싶은 충동에 휩싸였다. 다시 시작할 수 있다면! 딱 한 번만 더 기회를 얻을 수 있다면! 지금보다 잘할 수 있을 텐데! 한동에게도, 추월에게도, 설하나에게도, 개나리에게도….

그 순간 유봄은 깨달았다.

지금까지의 모든 우주는 유봄의 우주였다. 추월이 서른아홉 번이나 반복해서 겪었다는 그 모든 우주가 이곳에 복제되어 있었다.

'내가 거미였어.'

영원한 회귀. 이 세계의 1년을 무한히 되돌려 반복시킨 주체는 바로 지금 이 순간의 유봄이었다. 이번에도 되돌릴 경우 또다시 우주는 처음부터 시작되고 아마도 가을쯤에는 노인과 마흔 번째로 만나게 되리라.

아니, 마흔 번째가 아니었다. 이곳에는 훨씬 더 무한한 추월들이 존재했다. 노인이 된 추월과 노인이 되지 못한 추월들. 서른아홉 번이라는 숫자는 늙은 추월이 기억하는 시간일 뿐. 누구의 기억에도 남아있지 않은 무수한 1년들이 밤하늘의 별처럼 끝없이 펼쳐져 있었다.

유봄은 수천, 수만의 1년들 가운데 '지금의 추월'이 기억하는 첫 번째 1년을 발견했다.

그해 봄, 20대의 젊은 추월은 아차산에서 처음으로 유봄을 만났다. 물에 잠긴 아차산에서 나날이 살벌해지는 춘식 일당을 견디다 못해 유봄과 함께 오리배를 타고 빠져나왔고, 여름의 타워에서는 군인들에게 붙잡힌 유봄을 구하기 위해 모기철 대위와 맞서다 한동의 도움을 받아 탈출에 성공했다. 가을에는 유봄의 곁에서 해적과 전투를 벌이다 죽을 고비를 넘겼고, 마침내 영등포에서 파도의 모서리를 발견한 뒤로는 그곳에 자리를 잡고 하루 전으로 돌아가는 실험을 반복했다. 그리고 그해 겨울, 무수한 시간을 넘어 처음으로 추월은 혼자서 영등포에 남기로, 유봄과 헤어지기로 결심한다. 그게 이 모든 여정의 새로운 출발점이 되었다.

유봄은 젊은 추월의 얼굴을 한참이나 바라봤다. 그리고 이제는 자신이 새로운 결심을 해야만 할 순간이라는 것을 온전히 이해했다. 다시는 시간을 되돌리지 말아야 했다. 비록 그 끝에 자신의 죽음이 기다리고 있더라도 현재를 살아내서 미래를 열어야 했다.

시간을 돌리고 싶은 충동과 살고자 하는 욕망이 뒤얽혀 미래를 방해하고 있었지만, 수천수만의 1년들을 본 이상 우주의 1년을 또다시 반복시킬 수는 없었다. '목숨을 건 도약'이 필요했다.

그렇게 유봄은 현재에 남기를 '선택'했다.

＊

다시 폐에 물이 차오르는 고통이 유봄을 찾아왔다. 스스로 선택한 길이었지만 결코 이대로 죽고 싶지는 않았다. 어떻게든 어둠 속에서 물 밖으로 나가는 길을 찾고 싶었다.

그때 여전히 유봄의 몸에 닿아 있는 파도의 모서리를 향해 무언가 강렬하게 도약해 오는 게 느껴졌다. 어떻게 느낄 수 있는지 이유나 원리는 알 수 없었지만 유봄은 그저 생생하게 느낄 수 있었다. 그것은 곧게 직선으로 뻗어 있는 경로를 따라 놀랍도록 선명하게 빠른 속도로 다가오고 있었다.

쾅! 폭음과 함께 거대한 충돌이 있었다.

"컥컥!"

유봄은 숨을 가쁘게 몰아쉬며 고통스럽게 바닷물을 게워 냈다. 산소를 다시 폐로 받아들이기 위해서는 먼저 온몸으로 바닷물을 토해내야만 했다. 눈, 코, 입에서 눈물과 콧물, 침이 뒤범벅되어 사정없이 쏟아지고 있었다.

잠시 후 겨우 정신을 차린 유봄이 그렁그렁한 눈을 들어 가장 먼저 보게 된 것은 노인이 된 추월의 얼굴이었다. 추월이 설하나와 함께 갑판을 달려오고 있었다. 아, 지금의 내 얼굴은 완전 추한 모습일 텐데…. 그런데 갑판? 갑판이라고?

유봄은 다시 한번 좌우를 살폈다. 확실했다. 유봄이 서 있는 곳은 뜬금없게도 한강 유람선의 갑판이었다. 그런데 유람선이 있는 곳이 바다가 아니었다. 유람선은 롯데월드타워에 비스듬히 꽂혀 있었다. 그랬다. 말 그대로 '꽂혀 있다'는 표현이 정확했다. 유람선은 마치 공간을 예리하게 잘라낸 것처럼 건물에 꽂혀 있었다. 그제야 유봄은 상황을 이해했다. 이 미치광이 노인네가 설하나와 함께 유람선을 훔쳐 타고 여기까지 도약해 왔구나! 결국 일을 친 거야. 깨달음과 동시에 찾아온 안도감에 다리의 힘이 쫙 풀렸다.

"한동은?"

"남친은?"

두 사람이 동시에 유봄에게 물었고, 곧바로 서로를 바라보았다가 다시 유봄을 바라보았다. 남친은 아니었지만 어차피 바닷물을 잔뜩 마셔 해명하거나 대답할 힘이 남아있지 않은 유봄이 '끄어궤엑' 같은 기괴한 소리를 내며 잘려 있는 비상계단 위의 철문을 가리켰다. 설하나가 이해했다는 듯이 고개를 끄덕이고는 아직 존재하는 파도의 모서리를 만졌다.

놀라운 도약이었다. 과연 설하나는 공간지각에 천부적 재능이 있었다. 파도의 모서리라는 게 세상에 없었다면 서운했을 정도로 말이다. 한강 유람선은 계단과 철문을 포함해 아마 한동이 있을 위층 공간 일부를 통째로 실은 채 롯데월드타워에서 몇 km 떨어진 해상으로 다시 도약했다. 거대한 유람선이 바다 위에 내려앉으며 파도에 크게 출렁였다.

밀리서 철근이 휘어지는 무시무시한 소리가 들렸다. 하부가 잘려 나가는 바람에 지탱할 힘이 사라진 타워가 삐거덕삐거덕 고통스러운 신음을 내며 서서히 옆으로 기울고 있었다. 대규모 공간 도약의 여파로 생긴 커다란 파도가 해일처럼 타워를 향해 밀려가는 것이 보였다. 파도가 부딪치자, 타워는 그대로 속절없이 무너져 내리기 시작했다. 높이 555미터, 지상 123층의 대한민국 최고층 부동산이 무너지는 순간이었다.

Last Wave ___ 다시, 봄

나뭇가지마다 봄의 색깔이 푸릇푸릇했다. 봄순이의 앙상한 가지에도 어느덧 작고 귀여운 잎눈이 돋아났다. 봄순이 주변의 흙이 촉촉하게 젖도록 물은 주던 유봄은 문득 왼팔에 감긴 손목시계를 바라봤다. 이제 그 주인에게 돌려줄 때가 되었다. 갑판을 지나 선실에 다다르자 책을 읽고 있던 추월이 고개를 들었다. 그 이마에 주름살이 가득했다. 더 이상 미래를 예측하지 못하는 노인. 유봄의 찬란한 20대를 서른아홉 해 동안 지켜봤던 노인. 눈과 눈이 마주치자 유봄은 장난기가 발동했다.

　"혼자 다 늙어가지고 꼴이 이게 뭐야. 젊었을 때 나랑 잘해 보지 그랬어요?"

　추월은 웃기지도 않는 얘기를 들었다는 듯 능청스럽게 대꾸했다.

"내가 말하지 않았나? 과학자는 궁금한데 실험해 보지 않는 일은 없는 족속이라고. 했을 거야. 아마도. 후회 없을 정도로 충분히."

유봄의 입가에 슬며시 미소가 걸렸다. 맞아요. 다른 우주의 당신은 후회 없을 정도로 충분히 사랑했어요. 비록 나도 당신도 기억하진 못하지만.

하지만 정작 그 말을 꺼내는 대신, 유봄은 차고 있던 손목시계를 풀어서 건넸다.

"이거 잘 썼어요."

손목시계를 건네받은 추월이 뭐라고 말하기 전에 유봄은 휘릭 돌아섰다. 빠른 걸음으로 멀어지는 유봄의 등 뒤에 대고 추월이 소리쳤다.

"뭐야? 이거 고장 났잖아!"

낚시터에서는 까만 고양이 한 마리가 한가롭게 기지개를 켜고 있었다. 유봄은 경계심 없는 고양이를 바라보며 언젠가 추월이 이야기했던 '슈뢰딩거의 고양이'를 생각했다.

그건 슈뢰딩거라는 물리학자가 제시한 일종의 사고실험이었다. 먼저 상자를 하나 준비한다. 그 상자 속에는 고양이가 한 마리 들어 있다. 이제 이 상자에 50%의 확률로 붕괴하는 라듐과, 그 라듐이 붕괴하면 깨지도록 장치된 유리병을 넣는다. 이 유리병에는 치명적인 청산가리가 들어 있어 만약 깨질 경우 고양이는 여지없이 죽게 된다.

여기까지 들은 유봄은 고양이들이 좀 더 인간에 대한 경계심을 가질 필요가 있다고 생각했다. 그렇다면 이 실험은 고양이들에게 경계심을 심어주기 위한 실험인 걸까?

물론 아니다. 고양이들에게는 안타까운 일이지만 슈뢰딩거는 고양이의 운명에 전혀 관심이 없었다. 양자 역학에 따르면 원자의 세계에는 확률만이 존재하며 '관측'되기 전까지 여러 가능성의 상태가 동시에 '중첩'되어 나타나야 한다. 그렇다면 상자 속의 라듐 원자도 상자를 열어 '관측'하기 전까지는 붕괴되거나 붕괴되지 않은 상태가 동시에 중첩되어 있어야 한다. 그럼 상자 속의 고양이는 죽어있는 걸까? 아니면 살아있는 걸까? 양자 역학이 맞다면 고양이는 누군가 '관측'하기 전까지 50%의 확률로 죽어 있는 동시에 살아 있어야 한다. 그런데 대체 고양이가 좀비도 아니고 이게 말이나 되는가?

하지만 추월은 양자 세계에서 벌어지는 일들이 듣기에 조금 이상해도 과학적으로는 정확한 계산과 실험이 가능하다고 했다. TV, 휴대전화, 반도체, 컴퓨터 등등 화려했던 전자 문명이 그 증거였다. 그렇다면 결국 이 이상한 양자의 세계는 인간이 말이 안 된다고 생각할 뿐, 실제로는 엄연히 존재하는 것이다. 그러니까 이 세계에는 아무 문제가 없다. 문제는 세계가 아니라 그걸 받아들이지 않으려 하는 인간이다.

우리는 고양이가 죽어버린 우주와 살아 있는 우주가 중첩된 상태 중에서 오직 한 가지 우주만을 '관측'할 수 있기 때문에 매 순간 한 가지 결과로 확정된 우주를 살아가는 것처럼 인식하는 것뿐이다. 실제로는 무한한 가능성의 우주가 존재하고 있음에도 말이다.

그날, 유람선에는 허공으로 이어지는 비상계단이 있었고 그 계단의 끝에는 철문이 있었다. 유봄은 무언가에 홀린 듯 비틀거리며 계단을 올라 철문의 손잡이를 잡았다. 그 너머에는 유봄을 구하기 위해 문을 닫아버린 한동이 있었다. 한동은 죽었을까? 아니면 살았을까? 그때 유봄이 철문 너머로 들은 총성은 누군가를 죽음에 이르게 한 총성이었을까? 아니었을까? 슈뢰딩거의 고양이처럼 유봄이 문을 열기 전까지는 죽어있는 한동과 살아있는 한동이 동시에 중첩되어 있었던 것일까? 그리고 유봄이 손잡이를 돌려 문을 여는 순간 그중 한 가지 결말을 가진 우주로 확정된 것일까?

멀리서 오리배가 돌아오는 게 보이고 있었다. 추월은 영등포에 해적이 오던 날 유봄에게 오리배를 버리라고 말했다. 하지만 서른아홉 번째의 유봄이 이전의 유봄들과 달리 너무나 강경하게 저항하는 바람에 결국 추월은 다른 건물에 오리배를 숨겨두는 것으로 타협했다. 그때 유봄이 추월의 제안을 받아들이면서 말했던 '한 가지 조건'이 바로 오리배를 버리지 않는 것이었다.

어쩌면 유봄이 다시 돌아올 것을 예비한 그 순간 이미 우주의 변화는 시작되었는지도 몰랐다.

하지만 이 모든 일을 겪었음에도 역시 살아 있기도 죽어 있기도 한 고양이라는 건 이상했다. 동화 '이상한 나라의 앨리스'에서 갑자기 나타났다가 사라졌다가 하는 체셔 고양이만큼이나 말이다.

"봄아!"

무엇보다도 한동이 이렇게 살아서 나를 부르고 있지 않은가. 살아 있기도 죽어 있기도 한 한동이 아니라 명백하게도 살아 숨 쉬는 한동이 '지금 이곳에 존재'했다. 오리배 안에서 이쪽을 향해 힘차게 손을 흔드는 한동을 향해 유봄도 낚싯대를 내려두고 일어나 마주 손을 흔들어 보였다.

살아 있는 한동의 말에 따르면, 모기철 대위의 권총에 남아 있던 마지막 총알은 한동과 몸싸움을 벌이다가 두 사람을 말리러 온 당직사관의 어깨로 잘못 발사되었다. 그 상황에서도 모기철 대위는 당직사관을 쓰러뜨리고 기어이 유봄을 해치려 비상계단 문을 열었고, 결국 총성을 듣고 달려온 헌병들에게 제압당했다.

어쨌든 우리가 살아가고 있는 지금, 이 세계는 영원한 회귀의 굴레에서 벗어나 미래로 나아가고 있는 세계였다. 파도의 모서리는 이제 세상에 존재하지 않았다. 그 말은 인류가 모서리를 벗어났다는 것을 의미했다. 모든 다면체에는 면과 면이 만나는 모서리가 있고, 그 다면체 속에 살고 있는 존재가 모서리에 도달했을 때 할 수 있는 일은 방향을 틀어 되돌아가거나 모서리를 뚫고 밖으로 나아가는 방법밖에 없다. 그리고 지금 이곳에 도달한 인류는 모서리 바깥으로 탈출한 인류다. 그 모서리 바깥에 무엇이 기다리고 있을지는 지구상의 그 누구도 알 수 없었다. 지구는 돌이킬 수 없이 망가졌지만 그건 인간의 처지에서 생각하기에 그럴 뿐이고, 어쩌면 지구의 입장에서는 필요한 모습을 되찾은 것일 수도 있었다.

"커피 탈까?"

옆에서 함께 낚시에 전념하던 설하나가 대답도 듣지 않고 유봄의 스타벅스 텀블러 안에 커피믹스를 반쯤 붓고는 자신의 컵에도 나머지 반을 부었다. 잠시 후 텀블러 안에서 아메리카노 대신 커피믹스의 달큼한 향이 모락모락 피어올랐다. 어느새 2층 테라스에 나온 추월이 불을 피우고 생선을 굽기 시작하자 고양이가 쫑긋 고개를 돌렸다. 유봄은 이 평화로운 식사 준비를 '관측'할 수 있다는 사실에 감사하며 자리에서 일어났다. 유봄은 주머니에서 인류 최후의 립밤을 꺼내 입술에 바르고는 계단으로 향했다.

"또 강아지처럼 마중 나가려고?"

설하나의 핀잔을 들으며 유봄은 유람선의 계단을 타고 아래층으로 내려갔다. 한때 롯데월드타워에 꽂혔던 유람선은 배의 기능을 다하고 지금은 관악산의 어느 벼랑에 꽂혀 있었다. 파도의 모서리가 완전히 사라지기 전 설하나가 마지막으로 솜씨를 발휘한 거였다. 파도는 부서질 때 가장 강한 법. 덕분에 유람선은 이들의 보금자리이자 천혜의 요새가 되었다. 이 한강 유람선을 만든 이들과 탔던 이들 모두 이 배가 산속에서 자신의 항해를 마치리라고는 생각지 못했을 것이다.

아래층에 내려선 유봄은 한동의 모습을 찾았지만, 어디에도 보이지 않았다. 어라? 아까는 분명히 있었는데? 또다시 슈뢰딩거의 한동인가?

"이얍! 크억?"

갑자기 뒤에서 나타나 어깨를 잡으며 큰 소리로 놀라게 한 한동의 복부에 반사적으로 주먹을 꽂아 넣은 유봄은 이내 민망한 표정을 지었다.

"갑자기 놀라게 하면 어떡해?"

"아니, 그렇다고 다짜고짜 주먹질부터 하는 사람이 어디 있냐?"

어찌나 아팠던지 그만 주저앉아 버린 한동의 눈에는 눈물까지 그렁그렁 맺혔다. 유봄은 멋쩍게 웃으면서 한동의 손을 잡아 일으켜 세웠다. 자리를 털고 일어난 한동이 '짜잔' 하면서 뒤에 숨기고 있던 꽃다발을 꺼냈다. 야생화들을 풍성하게 모으느라 꽤나 애를 썼을 것 같았다.

"저쪽 산자락에는 벌써 꽃이 피었더라고."

유봄은 수줍게 꽃을 받아 가슴에 안고서 향기를 맡았다.

"고마워."

이제 정말 봄이었다.

After Wave
작가의 말

이제는 지구 온난화(warming)가 아니라 지구가 끓고 있는 (boiling) 시대라고 합니다. 매년 극지방의 빙하는 점점 더 빠른 속도로 사라지고 있습니다. 과학자들은 지구의 모든 빙하가 녹으면 해수면이 66m 상승한다고 말합니다. 소설 속의 66m가 제멋대로 지어낸 숫자였다면 얼마나 좋았을까요? 언제나 소설보다 현실이 더 무서운 법입니다.

약 20년 전, 2005년 2월 16일은 교토의정서가 발효된 날입니다. 세계 각국이 처음으로 온실가스 감축에 대한 구체적인 목표를 세우고 노력하기로 합의한 날이었습니다. 비록 온실가스 배출의 대부분을 차지하는 나라들이 참여를 거부했다는 한계가 있었지만요. 각국이 손익을 다투는 그 모습은 파리협정으로 변경된 지금도 여진한 것처럼 보입니다. 시간을 되돌린다면 2월 16일이어야 한다고 생각했습니다. 소설 속에서 '파도의 모서리'가 생겨난 날짜가 2월 16일인 이유입니다. 만약 지구의 결말을 알게 된 미래에 시간을 되돌려 2005년의 그날로 되돌아갈 수 있다면 인류는 더 나은 선택을 할 수 있을까요?

수년 전 여행을 갔다가 서울로 돌아오는 길이었습니다. 아직 서울까지 한참 남은 경기도에서부터 커다란 건축물이 눈에 들어왔습니다. 바로 롯데월드타워였습니다. 무섭도록 거대한 그 건축물은 마치 신에게 도전하는 바벨탑처럼 보였습니다. 어쩌면 그런 건물이 늘어나고 도시가 커질수록 지구가 더 빨리 물에 잠기게 될지도 모릅니다.

그날 머릿속에 영화처럼 한 장면이 떠올랐습니다. 해수면 상승으로 물에 잠긴 서울에서 오리배를 타고 롯데월드타워 앞을 지나는 장면이었죠. 그날의 상상력 한 조각이 이 모든 여정의 출발점이 되었습니다. 이후 평소 다니던 길의 해발고도를 알아보니 주변 풍경이 더 이상 예사롭게 보이지 않았습니다. 저는 물에 잠긴 서울을 상상하며 그 길을 걸었습니다. 이야기의 배경이 된 장소는 모두 실제 서울의 풍경을 기반으로 하고 있습니다. 다만 롯데월드타워 중간층은 들어갈 수 없어서 상상을 덧붙였다는 점을 밝혀둡니다. 언젠가 소설 속에서 부두가 되어버린 12층에 근무하시는 분께서 실제로는 이렇게 생기지 않았다며 제보해 주시는 즐거운 상상을 해봅니다.

서울 지하철 2호선은 원형의 순환선입니다. 이 소설을 쓰던 당시 저는 2호선의 끝에서 끝으로 출퇴근했습니다. 회사와 집이 정반대 편이었기 때문에 아래로 돌아도 위로 돌아도 비슷한 거리였죠. 그래서 저는 사람이 덜 붐비는 방향으로 타기 위해 매일 시계방향으로 2호선을 한 바퀴씩 돌았습니다. 2호선은 끝이 없습니다. 원한다면 계속 빙글빙글 돌 수 있지요. 가끔은 내릴 곳을 지나치기도 했고요. 그렇게 매일 2호선을 한 바퀴씩 돌면서 쳇바퀴 같은 출퇴근을 하다 보니 이런 생각이 들었습니다. 난 어쩌면 영원히 빠져나갈 수 없는 이상한 굴레에 갇혀버린 건 아닐까? 그게 이 소설에서 반복되는 1년의 모티브가 되었습니다. 우리의 인생이란 어쩌면 반복되는 1년 속에서 반복되지 않는 한순간을 찾아 헤매는 과정일지도 모릅니다.

사실 작가도 자신이 쓴 이야기의 주인공과 함께 성장합니다. 유봄과 함께 모든 여정을 마치고 나니 저 또한 유봄에게 많은 걸 배웠다는 사실을 깨닫게 되네요. 저는 소설 속에서 살아남은 유봄을 '올바른 선택의 총체'라고 표현했습니다. 과거의 잘못된 선택은 돌이킬 수 없는 빛처럼 현재로 돌아오기에, 매 순간 유봄처럼 올바른 선택만을 쌓아나가고 싶습니다.

하루 종일 회사원으로 업무에 매달려 살다가, 퇴근 후 소설을 쓰는 건 몇 년을 반복해 왔음에도 여전히 쉬운 일이 아닙니다. 매일 꾸준히 자리에 앉는 건 이제 습관이 되어 그리 어렵지 않습니다. 정말 어려운 건 어제 쓰던 마지막 장면으로 돌아가서 다시 유봄의 세계에 몰입하는 일이었습니다. 어제의 감정선, 어제의 분위기, 어제의 상황으로 돌아가기 위해 제가 택한 방법은 음악을 듣는 것이었습니다. 그렇게 반복해서 들은 음악이 제 마음속《파도의 모서리》OST가 되었습니다. 특히 매일의 오프닝 곡이 되어준 유다빈밴드의 '항해'에 감사의 마음을 전합니다. 덕분에 유봄의 세계가 연속성을 가질 수 있었습니다.

전작인《잠자는 숲속의 대리님》을 출간하고 저는 참 복 받은 사람이라 생각했습니다. 제가 쓰고 싶어 죽겠어서 소설을 쓰는데, 이렇게 많은 사람들의 응원을 받으며 쓸 수 있다니요.

아무것도 아닌 저에게 책을 사 들고 사인받으러 와주신 분들. 출간 소식을 듣고 반가운 연락을 주신 분들. 소설을 쓰는 내내 저를 진심으로 응원하며, 마치 자기 일처럼 출간을 기뻐해 준 소중한 동료와 지인들. 그리고 무조건적으로 저를 지지해 준 든든한 가족과 친지들. 그 모든 따뜻한 마음, 잊지 않겠습니다.

　마지막으로 이 소설의 첫 독자로서 날카롭고도 따뜻한 통찰을 전해 준 아름다운 아내와, 저와 함께 아차산 정상도 오르고 추운 날 뚝섬에서 오리배도 타야 했던 귀여운 아들에게 무한한 사랑과 감사를 전합니다.

　하지만 역시 제가 계속 이야기를 쓸 수 있는 동력은 독자님들에게서 나옵니다. 짧지 않은 소설을 끝까지 읽고 여기까지 도달해 주신 모든 독자님께 깊이 감사드립니다. 이 우주에서 우연히 저의 소설을 만날 0에 가까운 확률. 그 찰나의 시공간이 흥미진진하셨길 바라며 언젠가 또 다른 이야기로 만나 뵙겠습니다.

2025년, 세상의 모서리에서

이상민 드림

파도의 모서리

초판 1쇄 인쇄 2025년 12월 19일
초판 1쇄 발행 2025년 12월 26일

지은이 이상민
펴낸이 박세현
펴낸곳 서랍의 날씨

기획 편집 곽병완
디자인 김민주
마케팅 전창열
SNS 홍보 신현아

주소 (우)14557 경기도 부천시 조마루로 385번길 92 부천테크노밸리유1센터 1110호
전화 070-8821-4312 | **팩스** 02-6008-4318
이메일 fandombooks@naver.com
블로그 http://blog.naver.com/fandombooks

출판등록 2009년 7월 9일(제386-251002009000081호)

ISBN 979-11-6169-375-0 (03810)

서랍의날씨는 **팬덤북스**의 가정/육아, 문학/에세이 브랜드입니다.